W0397784

Autor und Motivation

Manfred Herrmann
geb. 19. März 1952 in Munster
wh. Bad Nenndorf
www.manfred-herrmann.de

Werdegang: Nach Realschulabschluss Beginn der Polizeilaufbahn in der Polizeischule Hann.-Münden am 01.10.1968. Danach weitere Ausbildung in der Bereitschaftspolizei Braunschweig. Nach Übernahme zur Kriminalpolizei von 1980 – 1982 Sachbearbeitung in der „Sitte“ (Prostitution, Glücksspiel, Pornografie).
1982 – 1990 allgem. Sitte (Sexualdelikte, sex. Missbrauch von Kindern). Seit 1990 beim Landeskriminalamt Hannover als Mitglied der Brandursachenkommission, ab 1992 bis heute Dienst im Lage- und Informationszentrum (LIZ) des LKA.

Motivation: Während meiner Dienstzeit in der Abteilung „Sitte“ habe ich umfangreiche Kenntnisse über das Leben und die Gepflogenheiten im Prostituierten- und Zuhältermilieu erlangt. Durch viele Gespräche mit den Prostituierten habe ich die Not und Verzweiflung der Frauen erfahren und kennengelernt. Zu Beginn ihrer „Karriere“ glauben die Frauen noch daran, nach einiger Zeit einen Ausstieg aus der Prostitution zu finden und wieder in das bürgerliche Leben zurückkehren zu können. Die große Enttäuschung kommt dann aber allmählich. In der Regel machen fast alle in diesem Gewerbe den von mir gezeichneten Werdegang in den

seelischen, körperlichen und gesellschaftlichen Sumpf mit. Nur einzelne Frauen sind in der Lage, sich selbst aus diesem Teufelskreis zu befreien. Die Frauen in diesem Beruf sind das schwächste Glied einer Kette in diesem Milieu. Sie werden von den Kunden und auch von den Zuhältern schikaniert, geschlagen, erniedrigt und unmenschlich behandelt.
In unserer Gesellschaft herrscht auch heute noch häufig die Ansicht vor, dass das Prostitutionsmilieu aus „Glitter, Glamour, Schampus und Porsche“ besteht.
Dem ist leider nicht so.
Der von mir verfasste Roman zeigt wahrheitsgemäß das Leben im Milieu. Um eine abschreckende Wirkung zu erhalten, habe ich die Sprache des Milieus versucht zu übernehmen. Der Inhalt des Romanes mag sehr hart erscheinen. Er ist hart und das Leben in der Prostitution ist hart!
Der Leser, dem alles dieses meist nicht bekannt sein dürfte, soll aufgefordert werden, sich mit der Thematik zu befassen und das Thema Prostitution nicht wie bisher verharmlosen.
Ich wünsche mir, dass gerade Eltern von minderjährigen Kindern dieses Buch bewusst lesen, um ein mögliches Abgleiten ihrer Kinder in die Prostitution verhindern zu können. Viele glauben, ihnen passiert so etwas nicht. Ich kann nur sagen, dass der Einstieg in die Prostitution aus – allen – Gesellschaftsschichten erfolgt.
Weiter hege ich die Hoffnung, dass auch Prostituierte dieses Buch lesen und vielleicht erkennen, was ihnen dieses Leben noch bereithält und sie die Erkenntnis bekommen, rechtzeitig auszusteigen. Ich bin kein Pastor oder Sozialarbeiter; jedoch gehen meine Erfahrungen über die Prostitution noch weit über dieses Buch hinaus.

Manfred Herrmann

Biggi

Im Schatten der Nacht

Roman

tredition
www.tredition.de

Impressum

www.tredition.de
Printed in Germany

ISBN: 978-3-86850-824-6

Bibliografische Information der Deutschen Nationalbibliothek
Die Deutsche Nationalbibliothek verzeichnet diese Publikation in der Deutschen Nationalbibliografie; detaillierte bibliografische Daten sind im Internet über http://dnb.d-nb.de abrufbar.

tredition
www.tredition.de

Vorwort

Der Roman spielt Ende der 70er und Anfang der 80er Jahre des vergangenen Jahrhunderts.

Mein Manuskript hat nach Fertigstellung 1986 auch ein mir bekannter Staatsanwalt gelesen, der mir versicherte, dass der Inhalt meines Romans keine strafbaren Sachverhalte beinhaltet.

Eine ehemalige Prostituierte, die es 1986 geschafft hat, aus der Prostitution auszusteigen und im Braunschweiger Frauenhaus lebte, las mein Manuskript und bemerkte, dass dieses Buch eine Pflichtlektüre für jedes 16jährige Mädchen werden müsse, um sie aufgrund der auf Wahrheit beruhenden Schilderung der Prostitution, vom Rotlichtmilieu abgeschreckt würden.

Inhaltlich füllt dieser Roman die Lücke zwischen den Büchern:

Wir Kinder vom Bahnhof Zoo von Christiane F (Drogensüchtige geht anschaffen um Drogen kaufen zu können)

und

Der Minusmann von Heinz Sobotta (Österreichischer Zuhälter berichtet über seine kriminelle Karriere auf dem Kiez)

1. Kapitel

In mir ist alles kaputt. Ich spüre eine heiße Glut in meinem Körper. Ich fühle mich matt und zerschlagen. Mein Kopf schmerzt und meine Gedanken laufen durcheinander. Was ist passiert?

Wo bin ich?

Trotz aller Schmerzen versuche ich, mich zu konzentrieren und die Augen zu öffnen. Nach einigen Versuchen gelingt es mir, Einzelheiten auszumachen. Ich erkenne eine starke Lichtquelle. Eine Neonlampe.

Mein Blick wandert weiter. Ich erkenne weiße, karge, sterile Wände, eine auf das Notwendigste beschränkte Einrichtung und ein Bett. Und dieses Bett – in dem liege ich! Neben meinem Bett steht ein kleiner Nachttisch, auf dem sich eine Schale mit medizinischen Instrumenten befindet.

Ich bin in einem Krankenhaus! Wie komme ich hierher? Was ist passiert?

Ich kann mich an nichts erinnern. Nichts reimt sich zusammen. Das Denken strengt mich sehr an. Ich gebe mich dem Gefühl der Ruhe hin. Ich schlafe wieder ein.

Als ich später erneut erwache und die Augen öffne, ist das so kalte Neonlicht verschwunden. Das Krankenzimmer hat nicht mehr diese kalte, unpersönliche Ausstrahlung. Die Sonne scheint zum Fenster herein; die Schatten bilden lustige

Muster und Motive an den Wänden, der Decke und den wenigen Möbeln. Ich fühle mich etwas besser und bin schon etwas ruhiger.

Aber was ist passiert?

Meine Gedanken rasen nur so durch den Kopf. Es wird aber nichts klarer. Plötzlich denke ich an meine Vergangenheit, an meine Kindheit. Ich sehe mich zu Hause bei meinen Eltern ....

2. Kapitel

Die Nebel lichten sich; ich erkenne Einzelheiten. Ich sehe mein Geburtshaus. Ich spiele mit meinem Bruder Federball im Garten. Meine Mutter deckt den Kaffeetisch auf der Terrasse. Als alles besorgt ist, ruft sie uns zu Tisch. Wir gehen zu ihr, und sie sagt: „Kommt her zu mir und lasst uns gemütlich Kaffee trinken. Vater kommt erst zum Abendessen; aber wir können auch so das schöne Wetter ausnützen. Wollen wir nachher gemeinsam zum Schwimmen gehen?"

Es ist Sommer. Sommer 1975. Wir wohnen in einer Kleinstadt in der Lüneburger Heide. Vor zehn Jahren haben meine Eltern das schöne Einfamilienhaus mit Garten gekauft.

Ich bin sechzehn Jahre jung, hübsch, mit langen blonden Haaren und ein paar lustigen Sommersprossen auf der Nase. Ich gehe auf die Realschule im Ort.

Mein Bruder heißt Bernie und ist zehn Jahre alt. Meine Eltern wollten ihn eigentlich nicht bekommen. Aber weil meine Mutter die Pille vergaß, war Bernie eben plötzlich da. Zwischenzeitlich haben wir ihn alle sehr lieb. Ich gehe in die zehnte Klasse einer gemischten Mädchen- und Jungenschule. Es macht mir sehr viel Spaß. Oft bin ich mit meinen Freundinnen und Freunden unterwegs. Wir unternehmen viel miteinander.

Mein Vater ist ein sogenannter Banker. Er arbeitet als Filialleiter der örtlichen Kreissparkasse.

Alles in allem kann ich sagen, dass ich in geordneten und fürsorglichen Verhältnissen der Familie aufwachse. Mein Schulabschluss steht kurz bevor. Weil mein Zeugnis sogar überdurchschnittlich gut ist, habe ich mich für das Gymnasium in der nahegelegenen Kleinstadt beworben und auch die Zusage bekommen, dass ich nach den Sommerferien dort zur Schule gehen kann.

Darauf freue ich mich schon sehr.

Meine Eltern lieben sich sehr und führen eine gute Ehe. Leider ist mein Vater beruflich sehr eingespannt, so dass wir nicht viel von ihm haben. Wenn ich etwas haben möchte, sage ich es nur meinem Vater, und schon bekomme ich alle Wünsche erfüllt.

Das Kaffeetrinken im Garten war schon ganz schön; ich hatte aber nicht lange Zeit, da ich mich mit meiner besten Freundin Claudia zum Klönen verabredet habe.

Ich treffe mich mit Claudia an der Kirche. Claudia und ich sind schon seit vier Jahren sehr eng befreundet. Wir unternehmen viel zusammen und erzählen uns alle Jungmädchengeheimnisse. Mit ihr kann man wirklich Pferde stehlen!

Gemeinsam gehen wir in die italienische Eisdiele. Wir bestellen uns ein großes Eis mit Sahne und unterhalten uns über die neuesten Gerüchte. Claudia sagt: „Du Biggi, hast du schon gehört, dass die Rita, die im vergangenen Jahr beim Abitur durchgefallen ist, einen jungen Mann aus Hamburg kennengelernt hat, der sie in ein Bordell stecken will? Die Rita hat das einem Freund meines Bruders erzählt. Sie soll total enttäuscht sein, weil sie ihn so sehr geliebt hat."

Das ist ja vielleicht ein Ding. Na mir könnte so etwas nicht passieren. Ich weiß genau, wie mein Traummann aussehen soll. Ich werde ihn schon noch kennenlernen, dann später heiraten und mit ihm durch die Welt reisen. Wenn ich alles gesehen habe, möchte ich mit ihm zwei Kinder haben und eine so glückliche Ehe wie meine Eltern führen.

Ich blicke an einen Punkt der Wand in der Eisdiele, an der ein Ölgemälde mit einer italienischen Landschaft hängt. Das Bild nehme ich gar nicht so richtig wahr. Ich denke an meine Zukunft und male sie mir in den schönsten Farben aus.

Claudia stört mich im Moment eigentlich dabei. Sie fragt mich: „Kommst du morgen gegen 20.00 Uhr mit zum Kiesteich? Es kommen noch einige aus unserer Klasse. Klaus und Gerhard aus der Parallelklasse wollen auch mitkommen. Für Getränke und Grillfleisch ist gesorgt. Wenn das Wetter gut ist, kann das ein schöner Abend werden."

Ich sage Claudia, dass ich nichts weiter vorhabe und wohl mit zum Teich kommen werde. Treffpunkt ist um 19.45 Uhr an der alten Kirche. Wir wollen mit unseren Fahrrädern los. Nachdem wir noch einige Zeit über alles Mögliche gesprochen haben, gehe ich nach Hause.

Der Abend zu Hause ist wie immer sehr harmonisch. Vater ist erst nach dem Abendbrot nach Hause gekommen, ist sehr abgespannt, spielt aber dennoch eine halbe Stunde mit Bernie, der dann ins Bett muss. Auch ich bin müde und gehe bald in mein Zimmer.

Aber ich kann nicht einschlafen. Ich denke noch einmal an die Rita, die ich nur vom Sehen her kenne. Sie ist schon immer ein Mädchen gewesen, das gegen den Strom geschwommen ist. Man sagt, dass sie keine Arbeit hat, aber trotzdem meist über Geld verfügt und auch Haschisch nehmen soll. Bei solch einer ist es ja kein Wunder, dass sie an jemanden gerät, der Kontakt zu Bordellen hat. Mir kann so etwas mit Sicherheit nicht passieren!

Ich denke über mich nach. Eigentlich habe ich ja alles, was ich möchte. Ich bin jung, hübsch, habe viele Freundinnen, kenne auch nette Jungen. Mit einem habe ich auf einer Party schon mal rumgeknutscht. Das war sehr schön. Der Junge hatte aber so viele Pickel im Gesicht. Das aber habe ich erst am nächsten Tag bemerkt. Seitdem gefällt mir der Junge nicht mehr. Er wohnt auch im Nachbarort, und somit hat sich das Thema von selbst erledigt. Einen festen Freund habe ich noch nicht. Das kann sich noch ergeben.

Und dass die Rita Haschisch raucht, mit solchen Dingen will ich nichts zu tun haben. Ich mag diese Sachen nicht. Selbst beim Alkohol halte ich mich stets sehr zurück. Bei meiner Konfirmation vor zwei Jahren durfte ich ein ganzes Glas Wein trinken zum Essen. Das war vielleicht ein prickelndes Gefühl!

Auch danach habe ich noch gelegentlich mit Claudia eine Flasche Sekt geköpft. Wir saßen dann in ihrem Zimmer, wenn Claudias Eltern nicht zu Hause waren. Sie waren bei der Großmutter im Rheinland, und ich durfte bei Claudia schlafen.

Wir hatten es uns in ihrem Zimmer gemütlich gemacht. Auf dem Plattenspieler lag eine LP von Richard Clayderman, und die romantische Musik berieselte uns. Es war schon dunkel, und wir hatten nur die Nachttischlampe an.

Nach dem ersten Glas Sekt, das ich getrunken hatte, war die Gegend um meinen Magen ganz warm geworden. Claudia und ich alberten fürchterlich herum.

Wir tranken dann das zweite Glas auf „ex".

Danach war ich richtig aufgedreht und ausgelassen. Ich glaube, Claudia hatte das gleiche Gefühl. Sie kam plötzlich auf die Idee, so wie früher Doktor zu spielen. Ich war damit auch einverstanden. So sollte ich mich ausziehen, damit sie mich untersuchen kann.

Als ich nackt auf ihrem Bett lag, legte sie ihren Kopf auf meinen Bauch. In meinem Bauch gluckerte der Sekt. Claudia musste laut lachen. Als ihr Kopf auf meinem Bauch lag, bekam ich ein unheimliches Kribbeln im Unterleib. Ich wusste nicht, woher das wohl kam. Claudia streichelte mich dann überall. An den Armen, den Beinen, dem Bauch, im Gesicht, meinen gut entwickelten Busen und meinen blonden Busch zwischen den Beinen. Es war ein absolut himmlisches Gefühl.

Meine Brustwarzen wurden ganz hart und vergrößerten sich.

Ich schwebte wie auf Wolken und erlebte das überwältigende Gefühl meines ersten Orgasmus.

Als ich mich etwas beruhigt hatte, tranken wir das dritte Glas Sekt. Danach forderte ich Claudia auf, sich auszuziehen. Ich machte es ihr nach, und auch sie erlebte schöne Momente.

Diese Art Doktorspiel haben wir noch zweimal wiederholt. Dann jedoch ohne Sekt.

Danach waren wir „damit" durch, und es verblieb.

Nun bin ich doch sehr müde und schlafe sicherlich mit sehr schönen – Gedanken ein.

3. Kapitel

Gegen 19.45 Uhr am nächsten Abend bin ich am Kirchplatz. Es war ein ziemlich langweiliger Tag, und ich freue mich auf meine Kameraden. Besonders freut es mich, dass Klaus mitkommt. Den Klaus habe ich mir in der Schule schon einmal etwas näher angesehen. Er gefällt mir. Ich könnte mir vorstellen, mit ihm befreundet zu sein. Ich weiß nur noch nicht, wie ich ihm sagen soll, dass ich mit ihm „gehen“ will.

Am Kirchplatz sind schon alle da. Wir sind eine Gruppe von sechs Mädchen und sechs Jungen. Zwei Jungen haben kleine Bollerwagen am Fahrrad. Darin sind Getränke wie Bier und Sekt, außerdem Grillfleisch, ein Gartengrill und Holzkohle. Eben alles, was man so zum Grillen benötigt. Der Abend ist lau, das Wetter gut und die Stimmung ebenso, wie es sich für Feiern im Freien gehört. Wir haben ca. zehn km Fahrt vor uns; aber die Zeit vergeht wie im Fluge.

Alles ist lustig, und ein Witz jagt den nächsten. Am Kiesteich angekommen ist es nur eine kurze Zeit, bis der Duft von Bratwurst und Fleisch durch den Wald zieht. Wir haben Glück; wir sind die Einzigen und müssen so auf andere Leute keine Rücksicht nehmen. Ein mitgebrachter Cassettenrecorder spielt die neuesten Hits von Nena und Boy George.

Die Bierflaschen sind geöffnet, und wir Mädchen lassen die Sektflasche kreisen. Wir haben alle eine gute Stimmung und vom langen Anfahrtsweg entsprechenden Durst. Ich hätte zwar lieber eine Cola getrunken; doch an alkoholfreie Getränke hat niemand gedacht.

Nach dem Essen sitzen wir alle um den Grill herum, und die glühende Holzkohle verbreitet angenehme Wärme. Der Klaus sitzt mit seinem Freund im Kreis mir gegenüber. Ich gucke oft zu ihm hin. Er scheint mich aber nicht zu bemerken. Ich erzähle das der Claudia. Sie meint, dass ich ihm das direkter zeigen soll. Ich solle mir etwas Mut antrinken. Das mache ich dann auch und nehme einen großen Schluck Sekt zu mir.

Danach stehe ich auf und gehe zu Klaus hinüber und setze mich einfach zwischen ihn und Peter. Ich drehe mich zu Klaus um und frage: „Kannst du mir sagen, wie der HSV letzten Samstag gegen Bayern München gespielt hat?“ Mir ist bekannt, dass Klaus öfter ins Stadion geht und sich für Fußball sehr interessiert. Er sieht mich an und sagt: „Natürlich kann ich das; aber seit wann interessiert sich ein Mädchen wie du für Fußball? Lass uns lieber einen Schluck zusammen trinken.“ Er nimmt seine Bierflasche und reicht mir eine frisch geöffnete Sektflasche. Wir prosten uns zu und trinken. Ich komme mit Klaus ins Gespräch und fühle mich wohl in seiner Nähe.

Außerdem beginnt der Sekt zu wirken, den ich kaum gewöhnt bin. Wir unterhalten uns über alles Mögliche. Zwischenzeitlich ist es dunkel geworden, und die Sterne stehen am Himmel. Auch der Mond sieht zu uns herunter. Im Schatten des Feuers, wir haben nun Holzscheite auf den Grill gelegt, sehe ich mich im Kreis um. Alle sind in Gespräche vertieft. Ein Paar sitzt eng umschlungen am Boden und küsst sich. Es ist eine wunderbare Atmosphäre.

Ein Junge, der auf der anderen Seite sitzt, steht plötzlich auf und ruft: „Es ist so schön hier und noch so warm; lasst uns doch ein bisschen schwimmen." Das war das Stichwort. Alle begrüßen die Idee. Nur mir wird mulmig. Ich habe keinen Badeanzug dabei und sage das laut. Der Junge, der den Vorschlag gemacht hat, lacht. „Wir haben alle nichts mit. Wir baden eben halt, wie der liebe Gott uns geschaffen hat." Dabei fängt er an, sich zu entkleiden. Die anderen machen mit, und kurz danach stehen sechs Jungen und fünf Mädchen nackt um das Feuer herum. Einer nach dem anderen läuft an das Ufer und geht ins Wasser. Selbst Claudia ist dabei. Das hätte ich nicht von ihr erwartet. Mir ist wohl auch etwas übel. Das scheint alles Theater zu sein.

Ich habe noch nie einen nackten Mann gesehen, geschweige mich vor einem männlichen Wesen ausgezogen. Ich bin die einzige, die noch am Feuer sitzt und angezogen ist. Klaus, der schon im Wasser war, kommt zu mir zurück. Er stellt sich, so nackt wie er ist, vor mich hin und sagt: „Los Mädchen, stell dich nicht so an und zieh dich aus. Wir sind doch alle nackt. dir guckt schon niemand etwas weg."

Ich bin wie erstarrt und sehe mir den Klaus an. Mein Blick bleibt an seinem Geschlechtsteil hängen. Ich sehe mir sein Glied an und stelle fest, dass es mich gar nicht erschreckt. Klaus scheint meinen Blick zu bemerken. Er kommt noch näher an mich heran, fasst meine Hand an und zieht mich hoch. Als ich stehe, sagt er: „Hast du noch keinen nackten Mann gesehen? Komm und sei kein Spielverderber! Wir machen alle doch durchweg nur Spaß. Es macht unheimlich Gaudi, nackt zu baden. Du wirst es sehen."

Ich denke mir, dass er ja recht hat. Es ist doch wirklich nichts dabei. Klaus gibt mir noch einmal die Sektflasche, und ich nehme noch einen großen Schluck daraus. Dann beginne ich langsam, mein Polo-Shirt auszuziehen. Danach öffne ich meinen BH und lege ihn fein säuberlich auf das Shirt, das ich neben mir auf den Boden gelegt habe. Ich glaubte, dass Klaus wieder zum Teich gegangen sei. Als ich aber meine Jeans zusammenlege, sehe ich Klaus etwa drei Meter entfernt stehen.

Er sieht mich fasziniert an.

Bei mir tut der Sekt seine Wirkung. Ich finde die Situation plötzlich schön. Das Prickeln zwischen den Beinen, das ich bei Claudia kennengelernt habe, ist wieder da. Jetzt macht es mir nichts mehr aus. Im Gegenteil, ich genieße es, dass Klaus mich so ansieht. Ich wiege meinen Körper ein wenig im Takt der Musik und streife dann ganz langsam meinen winzigen Slip herunter. Dabei sehe ich zu Klaus. Seine Reaktion interessiert mich. Er steht da und holt hörbar Luft. Ich sehe, dass er mit einer Hand sein Glied festhält. Sein Glied ist inzwischen größer geworden. Er schiebt seine Hand vor und zurück und stöhnt dabei. Sein Stöhnen wird lauter, und ich sehe, dass aus seinem Glied eine weißliche Flüssigkeit herausschießt. Es fasziniert mich.

Ich kann gar nicht wegsehen.

Dann ist das Glied von Klaus wieder normal groß. Er kommt auf mich zu. „Mädel, du bist spitze. Wie du das gemacht hast, das gibt es nicht wieder. Lass uns nun endlich ins Wasser gehen."

Im Wasser fühle ich mich von allen Jungs beobachtet. Ich weiß, dass ich gut aussehe, einen schönen Körper habe und die Proportionen richtig verteilt sind. Ich kenne auch die Wirkung meiner blonden langen Haare, die im Mondlicht leuchten. Durch den Sekt beschwingt gebe ich mich sehr kokett. Ich habe das Gefühl, wie auf Watte zu schweben.

Nach einiger Zeit sind wir alle wieder am Feuer, um uns trocknen zu lassen. Klaus sitzt neben mir. Der Freund von ihm, Peter, sitzt neben Claudia. Überhaupt sitzt nun jeder Junge mit einem Mädchen zusammen. Viele fangen an, sich zu küssen und zu streicheln. Klaus streichelt meine Hand. Er beugt sich rüber und nimmt meinen Kopf in seine Hände; dann küsst er mich auf den Mund, Nase, Augen und Stirn. Dabei merke ich, dass seine Hand meinen Rücken streichelt. Es ist ein schönes Gefühl. Seine Hand berührt meine Pobacken, rutscht über die Hüfte auf meinen Bauch. Das Prickeln in mir wird immer größer. Nun berührt er meinen Busen. Es fühlt sich an, als würden meine Brüste groß wie ein Ballon. Als er dann noch zärtlich meine Brustwarze streichelt, versinke ich in meinen Gefühlen. Seine Hand wandert nun zu meinem Unterbauch, um dort meine gekräuselten Schamhaare zu streicheln. Dabei versucht er, einen Finger in meine Scheide zu schieben.

In diesem Moment platzt etwas in meinem Kopf – was ist hier los?

Im Nu bin ich total nüchtern. Was ich hier wohl noch mache? Das darf nicht sein. Ich bin nicht „so eine“. Ich springe auf, ziehe mich in Windeseile an und renne zu meinem Fahrrad. Im Laufen sehe ich verschiedene Pärchen in- und übereinander auf dem Waldboden liegen. Claudia auch mit Peter. Peters Hintern hebt und senkt sich gleichmäßig. Claudia stöhnt. Mir ist übel.

Ich erreiche mein Fahrrad und fahre so schnell ich kann in Richtung Stadt. Nach einiger Zeit halte ich am Straßenrand. Ich muss mich übergeben. Der Sekt und das Erlebte waren zu viel für mich. Auf dem Nachhauseweg sage ich mir, dass es nur dem Alkohol zuzuschreiben ist, was mir passiert ist. Ich beschließe, mich zukünftig dem Alkohol wieder fernzuhalten.

Zu Hause angekommen gehe ich sofort ins Bett, nachdem ich ausgiebig geduscht habe. Ich empfinde Ekel und Abscheu gegen mich selbst. Obwohl – ein schönes Gefühl war es ja doch.

4. Kapitel

Die Schulzeit ist zu Ende gegangen. Zwischenzeitlich besuche ich das Gymnasium in der Kleinstadt. Ich bin in der 11. Klasse und habe mich schon gut eingelebt. Mit den Mitschülern komme ich sehr gut aus. Auch der Unterricht macht Spaß, und ich komme gut mit.

Seit meinem Erlebnis im vergangenen Jahr habe ich mich etwas zurückgezogen.

Das heißt, dass ich nicht viel erlebt habe. Die Zeit tröpfelte dahin. Es ereignete sich nichts Erwähnenswertes. Nur, dass ich von meinen Eltern zur bestandenen Realschulreife ein Mofa bekam. Oft bin ich damit allein in die Umgebung gefahren, um mich an der Natur zu erfreuen. Mit Jungen habe ich mich nicht mehr abgegeben. Das Erlebte steckt noch in mir drin. Ich kann das auch nicht erklären; aber ich habe das wohl noch nicht ganz verarbeitet.

Mit meinem Mofa fahre ich täglich die 18 km zur Kreisstadt zur Schule und mittags dann wieder zurück. Meine Schulfreundinnen fragen mich oft, ob ich einen festen Freund habe. Ich gebe ihnen ausweichende Antworten. Ich bin noch nicht reif für eine feste Verbindung. In ein paar Monaten werde ich 18 Jahre alt. Dann bin ich volljährig. Ich weiß zwar, was das heißt, kann es aber für mich noch nicht so genau einordnen.

Heute haben wir im Deutschunterricht beratschlagt, wohin

die nächste Klassenreise gehen soll. Einige waren für London, andere für Kopenhagen. Unser Lehrer aber meinte, dass wir im eigenen Land bleiben sollten, nach dem Motto „erst die Heimat, dann die Welt". Nach heftigen Diskussionen haben wir uns für den Harz entschieden. Da es nun bald Winter wird, kann man dort ja gut Ski laufen. Außerdem sollen Besichtigungen wie zum Beispiel das Bergwerkmuseum in Clausthal-Zellerfeld oder die Kaiserpfalz in Goslar unternommen werden.

In vier Wochen soll es dann losgehen.

Ich freue mich darauf, weil ich schon einige Jahre nicht mehr zum Skilaufen im Harz war. Meine Eltern haben es mir vor fünf Jahren in St. Andreasberg beigebracht. Beim letzten Mal ging es schon ganz gut. Auch die geplante Klassenfahrt soll in die Jugendherberge St. Andreasberg gehen.

5. Kapitel

Es schneit leicht, als mein Vater mich vor der Schule absetzt. Ich stehe mit meinen zwei Koffern und der Ski-Ausrüstung vor dem Schultor. Es ist 7.30 Uhr; um 08.00 Uhr soll der gemietete Bus kommen und die Klasse in den Harz kutschieren.

Nach und nach kommen die Mitschüler, und bald schnattert alles durcheinander.

Kurz nach 08.00 Uhr, nach der Verabschiedung durch den Rektor, fahren wir, dreißig halberwachsene Jungen und Mädchen, eine Lehrerin und ein Lehrer mit dem Bus ab.

Je weiter wir zum Harz kommen, desto stärker schneit es. In St. Andreasberg angekommen stellen wir fest, dass hier bereits gut ein Meter Schnee liegt.

Die Jugendherberge liegt etwa 2 km außerhalb des Ortes. Wir sind kurz vor dem Mittagessen hier. Alles rennt in die Zimmer und versucht, die besten Betten zu bekommen.

Ich bin ganz aufgeregt, weil ich hoffe, dass wir nach dem Essen noch zum Skilaufen kommen. Das Essen ist prima. Danach wird beschlossen, dass wir uns um 14.00 Uhr zur Abfahrt mit dem Bus treffen. Es ist wirklich noch Skilaufen angesagt, hurra.

Der Bus steht uns die ganze Woche zur Verfügung, so dass die Entfernung zum Ort leicht überwunden werden kann.

Abfahrt in den Ort.

In St. Andreasberg ist ein ideales Skigelände. Am Matthias-Schmidt-Hang kann jeder abfahren, wie er will und kann. Von der leichten Familienabfahrt bis zur steilen Buckelpiste ist alles vorhanden.

Der Bus parkt auf dem Parkplatz am Fuße des Skigeländes. Zwei Gaststätten sind in unmittelbarer Nähe. Die Matthias-Baude auf dem Gipfel lädt zum Essen und Jagerteetrinken ebenfalls ein.

Auf geht 's. Raus aus dem Bus, die Ski angeschnallt und im Schlittschuhgang zum Lift. Die Wochenkarten haben wir schon in der Herberge bekommen.

Rein in den Ski- oder Sessellift und nichts wie hoch auf den Berg.

Die ersten fünf Abfahrten, die leider viel zu kurz sind, sind bald abgefahren. Ich fahre wieder mit dem Lift hoch. Die Sonne ist nun durch die Wolken gekommen. Ich spüre die Strahlen auf meinem Gesicht und entschließe mich, ein wenig auszuruhen und alles zu genießen.

Dazu gehe ich eine kleine Strecke von der Piste weg, schnalle die Ski ab und setze mich in den Schnee. Mein Rücken lehnt an den Skiern, die ich in den Schnee gesteckt habe.

Ich schließe die Augen und genieße die Sonne, das Prickeln des Frostes auf der Haut und die Stille um mich herum. Dabei schalte ich ab und denke an nichts.

Wie sollte ich auch daran denken, dass die nächsten Minuten mein ganzes Leben so total verändern!?

Ich erhalte plötzlich einen Schlag gegen die Seite. Als ich die Augen öffne, sehe ich ein Paar Skier in beängstigender

Nähe meines Gesichts. Dann bemerke ich verknotete Beine, einen Körper im Schnee und einen Schopf mit langen, glatten, hellblonden Haaren. Der Kerl hat mich glatt umgefahren!

Ich will gerade wütend losbrüllen und dem blonden Typen meine Meinung sagen, als er sich aufrappelt und sich dabei umdreht.

Ich sehe ihn an und bekomme plötzlich ganz weiche Knie, so dass mir Hören und Sehen vergeht.

Das ist ein Mann. – Ein Traummann –.Mein Herz schlägt wie wild, und ich spüre überall Hitze in mir. So etwas habe ich noch nicht erlebt.!

Er rappelt sich vollständig hoch. Dann sagt er mit einer unendlich weichen, fast melancholischen Stimme: „Ich bitte tausendmal um Vergebung, kleines Fräulein. Ich wurde von der Sonne und Ihrer Schönheit so geblendet, dass mir die Skier doch glatt nicht mehr gehorchten und ich nicht mehr ausweichen konnte."

Er nimmt meine rechte Hand, haucht einen Kuss darauf und sagt: „Darf ich Sie in einer halben Stunde an der Baude zu einem Entschuldigungsgetränk einladen? Ich bin noch sehr in Eile und muss meinem Freund, der dringend nach Hause muss, die Brieftasche geben, die ich in Verwahrung genommen habe."

Sagte es und war den Hang hinunter, ohne eine Antwort abzuwarten.

Das war ein Blitz und Donner gleichzeitig. Ich kann erst einmal kein Wort herausbringen.

Ich bekomme des Bild dieses Mannes nicht vor meinen Augen weg.

Welch eine Erscheinung!

Über 1,80 Meter groß, schlank, aber sportliche Figur, ein Engelsgesicht, die blondesten Haare, die ich je gesehen habe und ein lustiger Oberlippenbart.

Dann das Outfit – hellblauer, supermoderner Ski-Anzug – und seine kräftigen Bewegungen, als der Bursche den Hang hinunter verschwand.

Ich sitze bestimmt noch 10 Minuten da, bevor ich wieder richtig denken kann. Dann fahre ich ebenfalls den Hang hinunter. Am Lift treffe ich einige Mitschüler, mit denen ich mich versuche zu unterhalten, bekomme aber vom Gespräch nichts weiter mit.

Als die halbe Stunde herum ist, finde ich mich an der Baude ein.

Dieser Engel steht dort und wartet auf mich. Mir wurden die Knie erneut weich, und mein Adrenalinspiegel war wieder erhöht.

Langsam löse ich die Schuhe aus den Bindungen und gehe auf ihn zu.

Er öffnet die Tür und lässt mich eintreten. Wir gehen in den hinteren Kaminraum und bestellen zwei heiße Zitronen.

Wir ziehen unsere Jacken aus und setzen uns an den Kamin, in dem ein warmes, wohliges Feuer prasselt.

Er sagt: „Ich freue mich, dass Sie die Einladung angenommen haben. Ich heiße Karl, und wie darf ich Sie anreden?"

Ich stottere, dass ich Biggi heiße. Nachdem die Zitrone kommt, bin ich schon richtig im Redefluss. Erzähle ihm, dass wir auf Klassenfahrt sind, wo wir wohnen, was ich sonst so mache.....

Was ist nur mit mir los? Das ist doch sonst nicht meine Art, außerdem noch einem Wildfremden aus meinem Privatleben zu erzählen.

Er sitzt da und sieht mich an. Aber wie! Sooo lieb. Dabei lächelt er. Meine Hände umfassen das Glas. Ich halte es ganz fest, um meine Nervosität, die mich ergriffen hat, zu verdecken.

Da greift er nach meiner Hand, hält sie leicht fest und streichelt meine Finger.

Mich durchläuft ein riesiger Schauer.

Er erzählt mir, dass er für ein paar Tage hier ist, in einem Hotel wohnt und ansonsten aus der großen Stadt, nicht weit von hier kommt. Er ist mit einem befreundeten Paar hier.

Ich erzähle ihm von zu Hause, den Eltern – und und und. Eigentlich dürfte ihn das nicht interessieren; aber ich erzähle weiter. Er lächelt mich dabei immerzu an.

Fast zwei Stunden haben wir hier gesessen. Das merke ich, als ich endlich einmal auf die Uhr sehe.

Für mich wird es Zeit, zum Bus zu kommen. Ich sage ihm das. Er meint: „Es war wunderschön, mit Dir hier zu sein. Ich möchte Dich wiedersehen. Wollen wir uns nicht heute Abend in der Hotelbar treffen?“ - „Das geht nicht, weil wir heute Abend gemeinsam mit der Klasse zu einem Konzert in die Kirche des Nachbarortes fahren.“ - „Vielleicht hast Du dann morgen wieder Zeit auf der Piste oder in der Baude; ich bin um 11.00 Uhr dort.“

Wir verabschieden uns. Er nimmt mich plötzlich in den Arm, küsst mich ganz vorsichtig auf die Stirn. Dabei streichelt er meine glühenden Wangen. Dann ist er weg.

Ich kann nicht sagen, wie ich dann hinunter gekommen bin. Das Konzert in der Kirche kann ich auch nicht wiedergeben.

Meine Gedanken sind nur bei Kalle. So sollte ich ihn nennen, weil alle seine Freunde ihn so rufen.

Am nächsten Morgen steht die Besichtigung der Kaiserpfalz in Goslar auf dem Programm. Unser Lehrer hat diese Tour kurzfristig bestimmt, weil das Wetter nicht so schön ist und es sehr stark schneit.

Ich bin damit natürlich ganz und gar nicht einverstanden. Meine Verabredung um 11.00 Uhr.

Oh, ich muss doch hin.

Es hilft nichts. Der Tag ist für mich gelaufen. Ich bekomme nichts mit.

Abends gehe ich sofort ins Bett und heule mich ordentlich aus.

Ich hoffe nur, dass Kalle am nächsten Tag um die gleiche Zeit an der Baude sein wird....

6. Kapitel

Die Sonne scheint; der Schnee ist heute super. Schon beim Frühstück bin ich übernervös. Dann Abfahrt zum Hang, nichts wie rauf auf die Bretter, den Lift hoch und nach rechts Richtung Baude.

Kalle ist nicht da.

Ich sehe auf meine Uhr. Erst 09.30 Uhr. Da kann er ja auch noch nicht da sein.

Also fahre ich noch ein paar mal ab und kann es gar nicht erwarten, dass es endlich 11.00 Uhr wird.

Ich stehe pünktlich, nur 24 Stunden zu spät, an der verabredeten Stelle. Kalle kommt nicht.

Es wird 11.30 Uhr und immer später; er ist nicht zu sehen.

Um 12.00 Uhr taucht er vor mir auf. Ohne etwas zu sagen, nimmt er meinen Kopf in seine Hände, küsst mich auf den Mund. Was sind das für Lippen – wie Seide!

In der Baude erzähle ich ihm gleich, warum ich nicht zur verabredeten Zeit da sein konnte. Er lächelt wieder so süß und sagt: „Ich freue mich, dass Du dafür heute gekommen bist.“ Die nächsten Stunden vergehen wieder viel zu schnell. Skifahren ist nicht mehr. Wir sitzen am Kamin und reden über Gott und die Welt; dabei hält er meine Hand.

Ich frage ihn, ob er Urlaub hat, weil er in der Woche hier im Harz ist. Er sagt, dass er selbständig ist und sein Geschäft gut läuft, so dass er sich seine Zeit einteilen kann, wie er möchte.

Nach dem gemeinsamen Mittagessen bestellt er eine Flasche Champagner. So etwas habe ich noch nicht erlebt. Aber es gefällt mir. Der Schampus schmeckt herb, aber prickelig.

Nach zwei weiteren Gläsern merke ich wieder die Wärme, so wie damals bei Claudia. Ein Gefühl steigt in mir hoch. So mächtig komisch, wie damals. Es ist himmlisch, mit diesem Supermann hier zu sitzen und alles um sich herum zu vergessen.

Leider muss ich schon wieder zum Bus.

Wir verabreden uns für 19.00 Uhr am Ortsbrunnen. Der Abend ist frei, und wir haben Ausgang, bis 22.00 Uhr; dann soll Sammeln sein, anschließend gemeinsame Rückkehr zur Jugendherberge.

Nach dem Abendessen mache ich mich fertig, sehr sorgfältig natürlich. Ich putze mich heraus, möchte mich für Kalle schön machen. Meine Haare binde ich zu einem lustigen Pferdeschwanz zusammen.

Ich ziehe meine neue, enge Satinhose mit passendem Pullover an. Auch meine Stiefel passen farblich haargenau.

Von einer Mitschülerin borge ich mir die erforderlichen Kosmetikartikel und trage sie auf. Anschließend sehe ich ganz nach „Dame“ aus. Ich weiß nicht, warum ich mich so style. Bisher habe ich das nicht gemacht. Ich fand mich immer schön genug. Aber für Kalle will ich noch schöner sein.

Pünktlich, wie es sich gehört, bin ich am Brunnen. Meine Mitschüler sind alle in die Disco gegangen. Ich habe mich abgesetzt.

Kalle wartet schon. Er küsst mich und fragt: „Wollen wir

auch in die Disco gehen oder im Hotel in der Bar ein wenig tanzen?" Ich entscheide mich für das Hotel, da ich nicht auf Mitschüler treffen möchte.

Die Bar ist gemütlich eingerichtet. In der Mitte des Raumes ist eine kleine Tanzfläche.

Kalle geht auf einen Tisch zu, an dem ein befreundetes Paar sitzt. Er stellt mich vor und sagt dann: „Das sind meine Freunde Roswitha, genannt Rita und Thomas, genannt Tom."

Tom sieht auch gut aus, aber nicht so wie Kalle – kein Vergleich. Aber er scheint nett zu sein.

Rita auch. Sie ist wohl schon 25 Jahre alt. Das kann man schlecht schätzen, weil sie viel Make-up aufgelegt hat. Ich glaube, dass sie die ersten Falten damit verdeckt. Sie ist jedenfalls supermodern angezogen und sieht toll aus.

Kalle bestellt schon wieder Champagner. Wir unterhalten uns, lachen und trinken. Kalle fordert mich zum Tanzen auf. Aus dem Lautsprecher erklingt leise, romantische Musik. Wir tanzen fast auf der Stelle, und Kalle hält mich sehr fest. Ich schwebe wie auf Wolken. Er drückt sich an mich, und ich spüre etwas Hartes in seiner Hose, das an meinem Unterleib drückt.

Ich finde das alles irgendwie irre. Außerdem macht es mich unheimlich stolz, dass solch ein Supermann sich um mich bemüht. Womit habe ich das verdient?

Wir setzen uns wieder. Im Laufe der Zeit trinken wir noch zwei Flaschen Champagner. Rita und Tom tanzen auch, und ich vergesse das Leben und den Alltag.

Kalle zeigt mir seine Uhr, eine Rolex, wofür er 25.000,- DM bezahlt hat und sein Dupont-Feuerzeug, was wohl auch nicht gerade viel billiger gewesen ist. Wieviel Geld muss jemand verdienen, der sich derartigen Luxus leisten kann?

Wir tanzen, reden, trinken. Kalle streichelt meinen Nacken, drückt sich an mich, küsst mich. Es ist einfach wunderbar. Langsam erkenne ich mein Gefühl der vergangenen Tage. Ich liebe ihn!

Ich sehe auf die Uhr und stelle fest, dass es schon nach 24.00 Uhr ist. Ach du Schreck!

Um 22.00 Uhr war doch Treffen am Bus! Und nun? Mir ist es egal. Im Moment lebe ich in einer anderen Welt. Kalle, der Sekt, die Atmosphäre. Ich träume – und dieser Traum soll nie vergehen.

Ich bin alt genug und mache, was ich will!

In zwei Monaten werde ich 18 Jahre alt und bin dann volljährig!

Wir tanzen wieder und wieder. Irgendwann gehen Rita und Tom auf ihr Zimmer.

Kalle fragt mich, ob ich heute Nacht bei ihm bleiben würde. Natürlich bleibe ich, gar keine Frage!

Wir gehen gemeinsam nach oben. Das Zimmer ist mit einem herrlichen Doppelbett ausgestattet. Durch eine Tür erreicht man das Bad mit einer großen Badewanne und einer Duschkabine.

Kalle nimmt mich in die Arme, drückt mich sanft auf das Bett. Küsst mich sanft und streichelt mich – überall! Welch ein Erlebnis – mein Körper bebt. Er zieht mich ganz langsam aus. Ganz vorsichtig, Stück für Stück, bis ich nackt vor ihm liege. Ich schäme mich nicht! Warum auch, ich liebe ihn!

Irgendwann muss man es tun, und ich will es jetzt!

Ich atme heftig, genieße seine Hände, seinen Mund. Er zieht sich aus, und ich beobachte ihn dabei. So habe ich mir meinen Traummann vorgestellt, genau so! Sein Penis ragt in den Raum hinein. Ein Prachtstück. So richtig zum Liebhaben. Bin ich das noch? Ist es der Champagner?

Egal, es ist schön, und ich bin ja schon erwachsen. Kalle legt sich vorsichtig zu mir.

Er hat wohl gemerkt, dass ich noch nicht....!

Ganz vorsichtig streichelt er mich, küsst mich. Dann dringt er in mich ein. Ich merke einen kurzen Schmerz. Dann ein Gefühl, als wenn ich explodiere.

7. Kapitel

Am Morgen danach wache ich auf. Ich bin immer noch schwach und fühle mich matt, möchte weiter schlafen. Aber die Sonne scheint auf mein Gesicht. Ich denke an die vergangene Nacht und bin glücklich. Kalle rumort im Bad.

Ich denke an die Jugendherberge, meine Mitschüler. Was die wohl denken, dass ich einfach so weggeblieben bin. Mir egal. Der Trotz von gestern kommt wieder hoch. Ich habe die Nase voll von der Schule, dem bisherigen Leben! Es war doch trostlos. Das hier ist das Leben! Kalle liebt mich; ich liebe ihn. Ich bleibe mit ihm zusammen, wir werden heiraten und Kinder bekommen. Kinder – ich nehme keine Pille...

Das macht auch nichts; wir lieben uns ja.

Kalle kommt aus dem Bad. Er zieht sich an; ich beobachte ihn dabei - sieht er nicht einfach toll aus? - Ja.

Ich dusche und mache mich fertig. Kalle und ich gehen in den Speiseraum zum Frühstücken. Rita und Tom sind auch schon da. Rita meint: „Du siehst aber gut aus, mein Herz. Nur etwas mitgenommen. Hat Kalle dich zu sehr rangekriegt?"

Ich ärgere mich über diese ordinäre Ausdrucksweise etwas, lasse mir aber die gute Laune nicht verderben.

Kalle sagt nach dem Essen, das sonst sehr harmonisch verlief:

„Soll ich Dich in der Jugendherberge absetzen?“

„Nein. Ich habe mich heute morgen entschieden. Ich gehe nicht zu diesen Kindern zurück. Mit der Schule will ich auch nichts mehr zu tun haben. Wenn es dir nichts ausmacht, möchte ich mit zu dir nach Hause. Ich liebe dich und möchte bei dir bleiben!“

„Aber natürlich, Kleines. Ich liebe dich auch und freue mich, mit dir zusammen zu sein. Du sollst der Glanz in meiner Wohnung sein.“

Kalle hat bezahlt, und wir gehen zur Garage.

Rita und Tom steigen in einen Mercedes 350 SEL! Toll!

Kalle und ich gehen weiter. Bei einem schwarzen Porsche Carrera bleibt er stehen. „Das ist mein Auto; komm, steig ein.“

Ich habe gewusst, dass dieses Leben wie ein Traum ist, der nie vorübergehen wird!

8. Kapitel

Vier Wochen lebe ich nun schon mit Kalle zusammen. War das eine aufregende Zeit. Wir kamen in die Stadt. Kalle führte mich in sein Appartement. Ein Appartement über zwei Etagen, 140 qm groß und irre toll eingerichtet.

Kaum angekommen schliefen wir schon miteinander. Am Abend habe ich meine Eltern angerufen und ihnen gesagt, dass ich nicht nach Hause komme und auch nicht mehr zur Schule gehen werde. Wie haben die sich am Telefon aufgeführt. Spießer! Ich habe einfach aufgelegt.

Ich weiß genau, was ich will. Ich bin alt genug.

In meinem Ausweis kann man nachlesen, dass ich erwachsen bin...

Nur gut, dass ich den Ausweis immer in der Handtasche habe. So brauche ich nicht mehr in die Jugendherberge und bin somit dem zu erwartenden Ärger aus dem Weg gegangen.

Kalle hat gemeint, dass es noch zu früh für ein Kind sei und mir die Pille mitgebracht. Ich habe das auch eingesehen und nehme sie nun regelmäßig.

Die ersten Tage und Nächte haben wir uns fast nur geliebt. Dann sind wir ausgegangen und haben gut gegessen und getanzt. Nur ins Spielkasino Bad Harzburg konnten wir nicht reinkommen. Die haben mir die fehlenden zwei Monate bis zur Volljährigkeit vorgehalten.

Zur Entschädigung, ich war darüber traurig, hat mich Kalle zu einem Kurzurlaub eingeladen.

Er buchte eine Woche Gran Canaria. Wir flogen ab Düsseldorf. Auf Gran Canaria konnten wir die Kälte und den Schnee vergessen. Es war über 25 Grad warm, und man konnte baden.

Kalle kaufte mir tolle Klamotten – schon zu Hause. Ich hatte ja weiter nichts. Er hat mir auch sündhaft teure Unterwäsche gekauft. Ganz toll! Die brauchte ich tagsüber am Strand aber nicht. Ich sonnte mich nur im Bikinihöschen. Ich reckte meinen hübschen Busen in die Sonne und genoss den Blick anderer Männer.

Wie habe ich mich verändert; aber es ist gut so.

An einem Abend waren Kalle und ich zu einer Party bei einem Bekannten eingeladen. Dieser Bekannte ist ein deutscher Geschäftsmann, der auf Gran Canaria eine Villa besitzt. Kalle kaufte mir dazu ein gewagtes teures Kleid. Er selbst trug eine dunkle Hose und ein weißes Dinnerjacket. Er sah zum Anbeißen aus.

Als wir mit unserem Mietwagen ankamen, waren schon etliche Paare da. Der Garten war schön geschmückt, und Fackeln und Lampions erhellten das Geschehen um den Swimmingpool. Auf dem großen gemauerten Grill brutzelte das Fleisch, und ein herrlicher Duft lag über allem.

Kalle schien einige der anwesenden Personen zu kennen. Ich hielt mich zurück, weil mir niemand bekannt war. Es sind aber alles reiche Leute gewesen.

Ich habe oft und viele Komplimente gehört. Das ist mir gut bekommen. Im Laufe des Abends wurde es dann langsam lauter und lustiger. Der Alkohol tat seine Wirkung.

Einige der Gäste, die am Pool standen, zogen sich plötzlich aus und sprangen ganz nackt ins Wasser. Ich beobachtete das närrische Treiben und amüsierte mich. Dabei nippte ich an einer Schale mit edlem Champagner. Plötzlich wurde ich von hinten ergriffen und so, wie ich war, in das Wasser geworfen. Im Fallen sah ich noch, dass das der Gastgeber war.

Erst war ich sehr wütend; als ich dann auftauchte und zwischen den lustigen Nackten hervorkam, fand ich alles schon nicht mehr so schlimm. Ich schwamm an den Rand, stieg aus dem Becken und ging ganz nahe zum Feuer. Hier zog ich mich dann ganz aus.

Einige Gäste beobachteten mich dabei. Im Feuerschein habe ich bestimmt gut ausgesehen. Ich genoss die Blicke und fühlte mich fantastisch.

Nun sah ich Kalle. Er saß nackt am Beckenrand neben einer dunkelhaarigen Frau. Er küsste sie innig, und ich sah seine Männlichkeit wachsen...

War ich sauer!

Ich lief in das Haus, wo ich mir telefonisch eine Taxe bestellte und zum Hotel fuhr. Nur gut, dass Kalle mir etwas Geld gegeben hatte. Wie konnte er mich nur mit so einem Flittchen betrügen?

Er liebt mich doch!

Kalle kam gegen 06.30 Uhr. Er war aufgeräumt und lustig. Er fragte, ob ich mich nicht gefühlt habe, da ich so frühzeitig nach Hause gefahren sei. Es wäre noch hoch hergegangen, und alle hätten miteinander auf dem Rasen rumgebumst.

Ich war richtig wütend und sagte ihm das auch.

Er meinte, dass er diesen Spaß gerne hätte und sich den auch in Zukunft gönnen würde. Ich hätte auch mitmachen können und sicher meinen Spaß dabei gehabt.

Erst konnte ich es nicht fassen. Meine Liebe zu Kalle ist aber so groß, dass ich ihm verzieh und auch damit leben muss, dass er sich seinen Spaß ab und zu außerhalb unseres Bettes nimmt.

Ich sage mir, dass das ja auch nicht so schlimm ist, Hauptsache, er liebt mich. Andererseits gab ich ihm aber zu verstehen, dass ich dabei nicht mitmachen werde. Ich bin doch nicht so „Eine"...

Die restlichen Tage vergingen sehr schnell, und ich habe den Ärger um Kalle bald vergessen.

Er hat sich auch wirklich rührend um mich gesorgt.

Wieder zurück in der Stadt gab es nur noch Sonnenschein. Kalle kaufte mir den schönsten Nerzmantel, den es gibt. Ich trug ihn auch zu Hause, ohne etwas darunter an zu haben. Nur die süßen schwarzen Strapse, die Kalle so anmachen, behielt ich an. Wir verbrachten zauberhafte Stunden miteinander.

Vor ein paar Tagen hat mich Kalle fotografiert. So, wie eben geschildert. Eine ganze Serie Bilder. Erst mit Pelzmantel, den ich langsam fallen lasse, dann ganz nackt. Die Bilder sind schon entwickelt; er brachte die Abzüge mit. Ich sehe wirklich sehr gut aus.

Heute Abend sind wir zu ein paar Geschäftsfreunden von Kalle eingeladen. Sie wohnen in einem vornehmen Herrenhaus auf dem Land.

Um 20.00 Uhr fahren wir los. Nach etwa 45 Minuten kommen wir an. Das Haus steht inmitten eines großen Gartens und wirkt sehr mächtig. Alle Fenster sind hell erleuchtet. Ich trage meinen Pelz und ein tolles Abendkleid darunter.

Der Porsche wird von einem Butler übernommen, der ihn dann auf dem Garagenhof parkt. Im Haus selbst ist es sehr gemütlich. In fast allen Räumen befinden sich Gäste, die sich angeregt unterhalten und trinken. Die Frauen stehen abseits. Kalle trifft einen Freund und bleibt bei ihm stehen. Ich will nicht stören und geselle mich zu den Frauen.

Auf dem Weg dorthin werde ich von einem etwa sechzigjährigen Mann mit Bauch angehalten. Er begrüßt mich und stellt sich vor. Er heißt Niemeyer. „Wie gut, dass ich Sie treffe. Ich habe Sie sofort wiedererkannt. Sie sehen in Natura noch viel entzückender aus. Sie sind ein Juwel, wie Kalle es schon sagte."

„Ich kann mich nicht erinnern?"

„Das weiß ich. Wir haben uns auch noch nicht getroffen.

Ich kenne Sie nur von den süßen Fotos, die Kalle mir gebracht hat."

Ich wurde ganz blass. Hat dieser Kerl etwa Abzüge von meinen Aktfotos?

„Kalle hat mir die Bilder gegeben, und ich muss sagen, ganz excellent, Sie sind engagiert." Damit geht er weiter.

Ich setze mich erst einmal und hole tief Luft. Was das wohl soll? Ich gehe zu Kalle und sage ihm, dass ich dringend mit ihm reden muss. Er nimmt mich bei der Hand, und wir gehen in das Kaminzimmer, wo zur Zeit niemand ist. Kalle setzt sich auf das Sofa. Er spricht leise, und ich merke, dass er traurig ist. „Meine Liebste, ich konnte es dir einfach nicht sagen. Ich habe es immer wieder weg geschoben. Vergangene Woche ist ein großes Geschäft geplatzt, in das ich drei Millionen DM investiert habe. Wir sind jetzt arme Schweine. Ich wusste nicht mehr weiter. Da fielen mir deine Fotos in die Hand. Ich erfuhr durch einen Bekannten, dass der Niemeyer Filme dreht. Ich glaube, du bist eine gute Schauspielerin, und da habe ich ihm die Bilder eben gezeigt. Wenn ich dich richtig verstehe, hat er dich engagiert. Mit dem Geld, das du verdienst, können wir uns einige Zeit über Wasser halten, bis meine Geschäfte wieder florieren. Und – bisher habe ich immer alles für dich gemacht, da habe ich gemeint, dass du mir auch einmal aus der Not helfen könntest!“

Das habe ich nicht gewusst! Ich nehme Kalle fest in die Arme und sage: „Ich werde für dich alles machen; ich liebe dich doch. Wenn ich dir helfen kann, aus der Not herauszukommen, werde ich das Angebot von dem Niemeyer annehmen.“

„Das ist wirklich lieb. Vielleicht können wir zwei Fliegen mit einer Klappe schlagen. Du kannst mir durch die Schauspielerei helfen und wirst vielleicht auch noch berühmt.“

„Aber warum musste der Mann Nacktfotos von mir sehen?“

„Ja, weißt du – in dem Film kommen einige Nacktszenen vor; aber so, wie du aussiehst, brauchst du dich doch nicht verstecken. Wir werden uns den fertigen Film dann gemeinsam im Kino ansehen.“

Ich gebe mich zufrieden und bin sogar noch stolz, dass ich zum Film komme.

Am nächsten Morgen soll ich mich in der Stadt bei Niemeyer vorstellen. Er wäre schon bei den Dreharbeiten.

Die finanziellen Formalitäten hat Kalle für mich erledigt. Ich freue mich, etwas für Kalle tun zu können.

Ich nehme mir vor, Kalle zu fragen, in welcher Branche er eigentlich Geschäfte macht.

Der Abend wird noch ganz nett, und ich vergesse es zu fragen.

9. Kapitel

Kalle hat mir gesagt, dass es gut sei, mich sexy anzuziehen. Ich trage also meine Strapse, schwarzes Höschen und BH, darüber ein super kurzes Minikleid. Natürlich den Nerz.

Beim Frühstück hat mich Kalle noch einmal intensiv darauf hingewiesen, dass er ruiniert sei und ich mit. Ich wäre seine letzte Rettung. Mühe soll ich mir geben und nicht prüde sein. Es würde bei Dreharbeiten manchmal sehr locker zugehen. Ich solle mich in keinem Fall zieren und alles machen, was von mir verlangt wird. Ich solle an ihn denken und daran, dass ich uns und ihm damit helfen kann.

Das Taxi bringt mich zur angegebenen Adresse. Der Porsche wird heute morgen abgemeldet. Kalle sagt, dass er ihn nicht mehr bezahlen kann und vielleicht verkaufen muss.

Das wäre sehr schade. Ich fahre doch so gerne im Porsche mit – und ich liebe Kalle!

Im Haus, es ist ein großer, alter Kasten, begrüßt mich eine Sekretärin. Sie hat schon auf mich gewartet. Sie führt mich in das Studio, einen Riesenraum in der dritten Etage. Die Tür öffnet sich, und wir stehen in einem Gewimmel von Menschen, Technik, Kameras und Scheinwerfern. Im Hintergrund sehe ich eine Wohnungseinrichtung aufgebaut. Links davon ein Schlafzimmer mit großem Wasserbett.

Herr Niemeyer sieht uns, schreit einem Mann etwas zu und kommt dann zu mir. Er grüßt und bittet mich in sein Büro. Er setzt sich hinter einen riesigen Schreibtisch. Er ist ganz Autorität.

Ich nehme ihm gegenüber in einem Sessel Platz und komme mir ganz klein vor.

„Ich nehme an, dass Kalle Ihnen noch nicht gesagt hat, um was es hier geht? Ich mache es kurz. Kalle schuldet mir viel, sehr viel Geld. Da er nicht zahlen kann, habe ich von ihm Ihre Arbeitskraft gekauft. Und denken Sie daran, Kalle muss ins Gefängnis, wenn das hier nicht nach unseren Vorstellungen läuft. Ich meine aber, dass Sie die Arbeit sicher gut leisten werden, nachdem was mir Kalle von Ihnen so erzählt hat. - Ha, ha." Dabei leckt er sich die Lippen. Mir wird übel. Ich weiß nicht, was dieser Mann von mir will.

„So, nun guck nicht so dumm! Du spielst die Hauptrolle in unserem neuen Pornostreifen –Der Dauerficker– und gib dich ganz natürlich, so wie zu Hause. Dann wirst du berühmt. In 15 Minuten will ich dich geschminkt vor der Kamera sehen. Den Inhalt erzähle ich dir nachher. Viel reden brauchst du eh nicht, nur bumsen und das oft. Ha, ha."

Ich sitze da und heule. Ich kann nicht mehr. Eine Frau kommt ins Zimmer. Niemeyer, das Schwein, ist schon weg.

Die Frau hat einen großen Cognac-Schwenker in der Hand. Sie gibt ihn mir und sagt: „Trink erst einmal; dann wirst du das schon schaffen. Ich habe auch einmal so angefangen. Heute sehe ich nur noch das Geld, und mir macht das nichts mehr aus! Mit dem richtigen Partner macht es sogar Spaß."

Sie bringt mich in die Garderobe. Ich gehe wie in Trance mit. Nach dem Schminken gibt sie mir noch einen großen

Cognac und bringt mich in den Aufnahmeraum. Der Cognac wirkt. Er brennt in mir; aber ich denke nur: „Kalle, Kalle, ich muss dir doch helfen."

10. Kapitel

Niemeyer steht in der Mitte; ein Mann, groß, braunhaarig, verschmitzter Blick und ich stehen vor ihm. Die Kameraleute, Beleuchter und Techniker drumherum. Niemeyer gibt technische Anweisungen. Dann erklärt er kurz den Inhalt des Filmes...

Eine einsame Hausfrau empfängt den Briefträger und verführt ihn zum Liebesspiel. Ich soll dabei die einsame Hausfrau mimen und der Mann neben mir den Briefträger. Die Uniformjacke hat er schon an. Dann weitere Erklärungen – immer in die Kamera lächeln, stöhnen, lecken, blasen, ficken und so weiter, und so weiter. Banal!

Die Sekretärin gibt mir noch einen Cognac. Ich bitte sie, mit der Flasche in der Nähe zu bleiben. Ich weiß zwar, dass es nicht gut ist, soviel zu trinken; aber anders überstehe ich das hier nicht.

Mit einem fremden Mann, den ich noch dazu nie gesehen habe und dann noch vor so vielen Männerblicken, das kann nicht wahr sein! Mir wird wieder schlecht. Ich nehme noch einen Schluck. Der Alkohol brennt im Hals.

Wir werden in Position gestellt. Meine Kleidung - sehr sexy – ist richtig. Ich soll im Zimmer hantieren, bis der Briefträger klingelt. Der Mann mit der Klappe kommt, der erste Versuch, Klappe. Ich denke an Kalle; ich sage mir, dass ich ihn sehr liebe und dass ich alles für ihn erdulde. Dabei hantiere ich an einem Schrank.

Es klingelt. Ich gehe zur „Wohnungstür"; der Mann steht davor. Er sagt: „Ich habe eine Anweisung für Sie, brauche Ihre Unterschrift." - „Aber kommen Sie doch einen Augenblick herein."

„Aus.

Bitte noch einmal und Biggi, bitte mehr Geilheit im Blick, also los."

Also 2. Klappe. Der Postbote kommt rein; ich blicke ihn mit meinen alkoholgeröteten Augen an. Nun befummele ich ihn, knie mich vor ihm nieder, streichele sein Glied, öffne die Hose, nehme sein noch schlaffes Glied in die Hand und beginne zu massieren. Ich höre Niemeyer rufen: „Jetzt nimm ihn in den Mund! "

Ich denke: 'Kalle, oh Kalle', und nehme den mir dargebotenen Penis in den Mund. Ich beiße plötzlich zu. Der Mann schreit auf, als würde er abgestochen. Ich muss lachen. Die Sekretärin reicht mir mein Glas. Noch einen Schluck.

3. Klappe. Noch einmal. So geht das den ganzen Vormittag. Ich schlafe mit dem Postboten, bewege mich dabei, als sei ich in Ekstase. Ich merke nichts. Auch der Mann hat so seine Probleme.

Nachmittag dann eine Szene mit zwei Frauen und drei Männern. Ich lasse alles über mich ergehen.

Um 18.00 Uhr fahre ich mit dem Taxi nach Hause. Kalle ist nicht da. Ich dusche ausgiebig, liege im Bett und heule. Morgen und übermorgen noch einmal diesen entwürdigenden Scheiß.

Nach Abschluss der Dreharbeiten nimmt mich Kalle mit in

die Stadt. Wir gehen gepflegt essen. Er sieht mir wohl an, wie sehr mich diese Schweinerei angeekelt hat. Er tröstet mich lieb und sagt: „Es ist so lieb, dass du das für mich gemacht hast! Aber es ist auch deine Pflicht, nachdem ich dir alles gegeben habe, als ich es noch konnte."

Ich sehe das auch ein, wenngleich widerwillig.

Kalle sagt weiter: „Morgen Vormittag kannst du erst einmal ausschlafen. Gegen 10.00 Uhr wirst du Besuch bekommen. Zu diesem Zeitpunkt habe ich schon eine geschäftliche Besprechung. Ich kann erst gegen 12.00 Uhr wieder zurück sein.

Du sollst dem Besuch, einem Mann, bis zu meiner Rückkehr die Zeit ein wenig vertreiben. Sorge dafür, dass der Mann zufrieden ist mit dir. Er ist in der jetzigen Situation sehr wichtig für mich."

Wir fahren nach Hause. Mit einem Taxi. Der Porsche ist ja abgemeldet. Wir schlafen miteinander; aber es ist nicht so wie sonst. Die Sauereien in dem Pornofilm liegen noch auf meiner Seele.

Nie wieder werde ich so etwas machen.

11. Kapitel

Um 09.30 Uhr stehe ich auf. Der Geschäftsbesuch kommt gleich. Warum hat Kalle ihn um 10.00 Uhr bestellt, wenn er weiß, dass er erst um 12.00 Uhr zurück ist?

Ich setze Kaffee auf, da ich meine, dass man dem Mann ruhig einen Kaffee anbieten sollte, damit die Zeit nicht zu lang wird...

Kurz vor 10.00 Uhr klingelt es an der Tür. Ich öffne, und ein Mann, so um die 60, fragt nach Kalle. Er hält seinen Hut in der Hand und dreht ihn zwischen den Fingern. Er scheint sehr schüchtern zu sein. Es ist, als sei ihm die Situation unangenehm, als ich dann sage, dass Kalle noch nicht da ist. Ich bitte ihn herein. Er nimmt auf der Couch Platz. Ich sage ihm, dass Kalle bestimmt bald kommt und schenke ihm einen Kaffee ein.

So sitzen wir ungefähr eine Stunde; die Konversation schleppt sich so dahin. Ich bemühe mich, ein Gespräch in Gang zu halten, da ich nicht weiß, wie wichtig nun dieser Mann für Kalle ist.

Der Mann wird zunehmend unruhiger, beginnt zu schwitzen. Er wirkt fahrig. Er sagt: „Das habe ich mir ganz anders vorgestellt. Dafür habe ich eigentlich nicht bezahlt!"

Ich weiß nicht, wovon der Mann spricht. Da steht er plötzlich auf, kommt auf meinen Sessel zu, reißt mich hoch und fängt an, an mir herumzufummeln. Ich schreie auf und schlage diesem Widerling auf die Finger.

Das aber scheint ihn noch anzustacheln. Er reißt mein T-Shirt herunter, und schon stehe ich mit entblößtem Busen vor ihm. Er versucht meinen Jeansrock herunterzuziehen. Mit der anderen Hand öffnet er seine Hose und holt seinen Penis heraus, der bereits erigiert ist. Ich trete zu – und treffe sein Geschlechtsteil. Der Kerl beugt sich und schreit. Ich schreie, dass er abhauen soll. Er schleicht sich und ruft dabei, dass ihm das noch nie mit einer Nutte passiert sei. Er wolle sein Geld zurück!

Der Mann ist weg.

Ich sitze da und bin verzweifelt. Was hat der Typ da gesagt, - Nutte -, ich doch nicht! Er kann mich doch gar nicht gemeint haben. Ich weine und warte auf Kalle. Der wird diesen Irrtum schon aufklären.

Kalle kommt so gegen 12.00 Uhr. Er sieht mich an und fragt: „Hast du es dem Mann gut besorgt?“ Ich bin entsetzt. Hatte Kalle den Mann geschickt? Ich will ihm die Sache erklären; aber Kalle wird wütend. „Also nichts. Was fällt dir ein. Der Mann wäre unsere Rettung gewesen; aber du zierst dich. Ich hätte dich für schlauer gehalten! Was ist schon dabei, ein bisschen herumzubumsen. Du verdienst dabei gutes Geld, und wir können davon gut leben, kapiert!? Also gut, du warst zu dumm, deine Chance zu erkennen; jetzt müssen wir andere Wege einschlagen. Morgen bringe ich dich in eine andere Stadt. Dort ist eine kleine Bar, in der Männer verwöhnt werden. Dort wirst du arbeiten, bis du 18 Jahre alt bist. Dann sehen wir weiter.“

Ich kann nichts mehr sagen. Ich liebe ihn doch so sehr.

Muss das alles sein? Ich nehme die Cognacflasche und trinke, trinke bis zur Besinnungslosigkeit.

Kurzfristig vergesse ich alles und schlafe tief und traumlos.

12. Kapitel

Kalle weckt mich gegen Mittag. Er ist fröhlich und versucht auch mich aufzuheitern. „Komm Kleine, sieh es von der lustigen Seite. Viele Frauen würden gerne einmal fremdgehen und riskieren viel dabei – und du, du darfst das haben, mit meiner Einwilligung." Gleichzeitig aber auch die Drohung: „Wenn du nicht spurst, suche ich mir eine andere Freundin, die nicht so prüde ist wie du!"

Wo bin ich hingekommen? Ich kann nicht ohne Kalle leben, seine Zärtlichkeiten, seine Liebe. Wo sollte ich auch hin? Nach Hause zurück kann ich nicht mehr. Ich habe doch nichts, auch kein Geld. Selbst die Kleider und die Unterwäsche habe ich von Kalle – bin total auf ihn angewiesen. Ich denke mir, dass es vielleicht gar nicht so schlimm sein wird, in einem Club zu arbeiten.

In Gesprächen habe ich schon gehört, dass die Mädchen die Männer nur animieren, um teuren Sekt zu verkaufen. Man soll sich die Kerle auch aussuchen können, mit denen man schläft. Und dann bekommt man ja auch schönes Geld dafür.

Ich denke an das Gespräch mit Claudia zurück, damals, ach wie lange ist das schon her. Was hat Claudia da noch erzählt? Von Rita, die auf den Strich geschickt werden sollte und dann doch nach Hause zurückkam? Wie habe ich damals gedacht – du nicht, dir kann das nicht passieren! Und nun – gehe ich selbst bald auf den Strich!! Und ein Zurück zur Familie gibt es nicht mehr.

Für meine Familie bin ich nicht mehr, bin – gestorben!

Kalle ist lieb zu mir. Er sagt mir, dass ich meine schönsten Dessous anziehen soll. Das würde die Männer geradezu irre machen. Darüber soll ich das dunkelgrün schimmernde Abendkleid mit dem hohen Schlitz und dem großen Dekolleté anziehen, das meinen Busen so vorteilhaft zeigt. Nach dem Anziehen nimmt er mich in die Arme. Er zieht mit einer Hand eine kleine Schachtel aus der Hosentasche und reicht sie mir. Ich öffne das Päckchen und finde einen herrlichen Ring mit einem Brillanten besetzt. Er meint: „Das ist für dich Baby, damit dir die Arbeit besser bekommt. Wenn du fleißig bist, bekommst du mehr davon!“ Er weiß, dass ich Streicheleinheiten dringend nötig habe.

Wir fahren wieder Porsche. Durch meine Arbeit im Pornofilm konnte Kalle ihn wieder anmelden – sagt er. Wir fahren also in die Stadt. Eine zweigeschossige Villa, im Jugendstil, Parkplatz durch Bäume und Büsche geschützt und von der Straße nicht einsehbar, war unser Ziel. In roten Leuchtbuchstaben steht an der Hauswand: „Moulin Rouge“.

Es ist nachmittags gegen 17.00 Uhr. Kalle bringt mich rein. Eine Frau, ca. 45 Jahre alt, begrüßt uns. Ich werde vorgestellt. Er sagt, dass ich der Frau gehorchen soll. Er sagt ihr, dass ich noch keine achtzehn sei und Vorsicht geboten ist. Danach geht Kalle. Er fährt weg und lässt mich nach einem flüchtigen Kuss allein mit der Puffmutter.

Die Frau, sie heißt Eva, ist sehr nett. Sie merkt, dass ich sehr nervös bin. Sie gibt mir einen Drink, und wir unterhalten uns. Wir sind noch allein; die anderen Mädchen sind nicht mehr da. Kommen erst zur Spätschicht wieder.

Eva zeigt mir die Räume. Erst einmal den Empfangsraum, den Salon mit Separees und entsprechender Einrichtung, durch Wände abgeteilt. Eine Bühne steht an einer Wand. Darüber ein Großbildfernseher, auf dem man bei Bedarf Pornos abspielen kann. Außerdem steht gegenüber eine lange Theke mit Platz für etwa acht Personen. Nach rechts kommt man in ein Treppenhaus. Alles in dunklem Rot gehalten.

Im ersten Geschoss liegen rechts eines Ganges sechs Zimmer, die alle mit Nachtschrank, französischem Doppelbett und so weiter eingerichtet sind.

Am Ende des Flures ist eine Sauna und eine große Rundbadewanne mit einer Whirlpoolanlage.

Nach dem Rundgang erklärt mir Eva bei einem Drink, wie es hier so zugeht. Man müsse den Gast nach Ankunft erst einmal in Ruhe bestellen lassen und dann direkt ansehen. Wenn man merkt, dass man ihm gefällt, muss man auf ihn zugehen und ihn bitten, etwas zu trinken für sich zu bestellen. Die Bestellung, natürlich – Sekt – wird bei ihr abgegeben. Mit dem Mann und dem Sekt geht man in eines der Separees, wo man darauf zu achten hat, näher an den Mann heranzukommen. Man sollte mit ihm reden und das Thema auf Sex bringen. Ihn mächtig heiß machen, damit er viel Geld ausgibt. Man sollte ihm auch schon mal den Nacken oder die Brust etwas streicheln. Merkt man, dass der Gast bereits so heiß ist, mit aufs Zimmer zu gehen, kann und sollte man auch schon sein Geschlechtsteil über der Hose anfassen und bearbeiten. Bevor man dann auf die Bude geht, wird bei Eva bezahlt. Der Zimmergang darf nur 30 Minuten dauern. Sauna und Whirlpool sind statt Aufenthalt im Separee möglich, aber nur dann, wenn ein Zimmergang dabei herauskommt. Besondere Leistungen – wie „französisch“, das heißt Mundverkehr oder einen „Dreier“, zwei Mädchen und ein Gast – verteuern das Ganze dann natürlich.

Nach dieser Einweisung dreht sich alles bei mir. Ich beschließe abzuwarten und mir erst einmal alles anzusehen. Eva sagt: „Nur das Geld ist wichtig. Außerdem muss der Gast zufrieden sein, damit er auch wiederkommt!“

Die Zeit ist vorgerückt, und die Mädchen kommen alle an. Vier sind es, und ich werde denen vorgestellt. Sie sind alle zwischen zwanzig und dreißig, und ich finde sie sehr nett.

Jeanette sagt mir gleich, dass ich, wenn ich mit einem Gast Sekt trinke, die Kohlensäure aus dem Glas mit einem Strohhalm herausrühren soll. Man würde den Sekt besser vertragen und mehr trinken können. Andernfalls würde man total besoffen werden und das nicht Nacht für Nacht durchhalten.

Wir sitzen alle gelangweilt an der Bar. Ein Mädchen strickt an einem Pullover. Noch ist nichts los. Gegen 21.00 Uhr klingelt der Türgong. Veronika geht hin und bringt einen Mann in den besten Jahren herein. Er setzt sich an die Theke, bestellt ein Bier. Danach sieht er uns nacheinander an. Er hat einen geilen Blick. So als wollte er uns noch mehr ausziehen. Eva schaltet das Videogerät ein; der Porno läuft über den Bildschirm. Der Mann trinkt einen Schluck. Er sieht sich Jeanette etwas genauer an. Jeanette steht auf und stellt sich neben den Kerl. Er legt seinen Arm um sie, wobei er ihre Brust streichelt. Jeanette lässt ihn gewähren. Sie unterhalten sich, und Jeanette bestellt Sekt. Beide gehen dann, nachdem der Mann bei Eva bezahlt hat, durch die Tür ins Treppenhaus.

Nach einer halben Stunde kommen sie wieder. Der Mann lacht. Er scheint zufrieden zu sein. Er trinkt noch eine Flasche Sekt mit Jeanette und verschwindet dann.

Bin ich froh, dass ich noch nicht dran war ...

Kurz darauf klingelt es wieder. Diesmal öffnet Veronika. Sie kommt schnell zurück und gibt ein Zeichen mit der Hand. Dann knickt sie um und fällt zu Boden. Das Zeichen gilt mir. Die Bullen von der Sitte kommen. Ich husche hinter die Theke, von dort durch eine Tür in das Büro.

Hier setze ich mich hinter den Schrank. Die Sitte kontrolliert die „Bockscheine“ der Mädchen.

Das sind Gesundheitszeugnisse, die die Mädchen vorzeigen müssen, ob sie auch regelmäßige Untersuchungen bei einem Arzt vornehmen lassen. Das wird von der Sitte kontrolliert. Außerdem werden die Personalien der Mädchen überprüft.

Ich sitze hinter dem Schrank und habe Angst, entdeckt zu werden. Kalle hat gesagt, ich müsse ins Heim, wenn ich mich erwischen lasse. Ich bin doch noch keine achtzehn, und einen Bockschein habe ich auch noch nicht.

Ich habe Glück. Die Polizei geht wieder, und ich kann zurück in die Bar. Kurz danach kommt wieder ein Gast. Es ist ein älterer Herr. Er benutzt beim Laufen einen Krückstock. Die Mädchen begrüßen ihn stürmisch und fallen ihm um den Hals. Jeanette sagt, das ist Max. Der kommt einmal im Monat und verjubelt seine 2000,-- DM-Rente im Club. Max holt auch gleich die 2000,-- DM heraus und gibt sie Eva. Danach bekommen wir alle ein Glas Sekt. Max sieht uns der Reihe nach an. Dann zeigt er auf Veronika und mich. Oh Gott. Doch nicht mit diesem alten Gockel?! Veronika steht auf und geht los. Sie hakt sich bei Max ein. Ich sitze wie angewurzelt auf meinem Barhocker. Eva sagt: „Los hinterher Mensch, das ist ein guter Anfang und leicht verdientes Geld.“

Ich stehe langsam auf und gehe hinterher nach oben. Ich denke nur an Kalle. Der Mann und Veronika sind schon ausgezogen. Na das nenn ich Tempo. Sie sitzen in der großen runden Badewanne. Max spritzt Veronika nass; die lacht fröhlich dabei. Max sieht mich und fordert: „Ausziehen und herkommen! - Aber ganz langsam ausziehen.“Ich lasse mein Abendkleid fallen und stehe im BH und Höschen mit Strapsen vor ihm. Ich sehe, dass Max Gefühle bekommt und ekele mich. Er ruft: „Weiter ausziehen, aber die Strapse anlassen.“

Ich denke an Kalle und mache alles, was Max sagt.

Dann steige ich mit ins Wasser. Max küsst Veronikas Riesenbusen und greift mir zwischen die Beine. Ich mache die Augen zu; mir ist schlecht. Dann grabscht Max nach mir, und Veronika bearbeitet sein Glied. Dann fordert Max uns auf, uns gegenseitig abzutrocknen. Wir gehen in Veronikas Zimmer. Max legt sich aufs Bett. Er fordert mich auf, mich auf ihn zu setzen und auf ihm zu reiten. Veronika sieht mich aufmunternd an. Ich mache es. Es ist ja für Kalle. Veronika hockt sich über Max' Gesicht und lässt sich lecken. Max kommt schnell – und es ist vorbei. Er steht auf. Veronika putzt ihm wie einem Kind den Penis sorgfältig mit einem Kosmetiktuch ab.

Wir gehen in die Bar zurück. Max verlässt uns.

Veronika erzählt den Mädchen, dass ich mich ganz gut gehalten hätte. Sie klatschen vor Begeisterung in die Hände. Trotz meines Ekelgefühls bin ich etwas stolz. Die Mädchen sind nett und halten zu mir. Ich spüre so etwas wie Geborgenheit. In dieser Nacht habe ich noch einen Gast, einen

Geschäftsmann auf der Durchreise. Zu diesem Zeitpunkt bin ich aber schon so betrunken, dass ich kaum noch etwas mitbekommen habe.

Gegen 05.00 Uhr kommt Kalle. Er holt mich ab. Er spricht mit Eva und bekommt dann Geld von ihr. Es ist doch mein Geld, denke ich. Ich habe dieses Geld mit m e i n e m Körper verdient.

Aber ich bin zu betrunken, um weiter darüber nachzudenken.

13. Kapitel

Nun arbeite ich schon zwei Wochen im Club. Ich stehe jetzt meist unter Alkohol; sonst könnte ich das nicht ertragen. Gestern habe ich es Kalle auch gesagt, dass ich doch schon gut verdient hätte und aufhören möchte. Soweit ich von Eva erfahren habe, muss ich ca. 6000,-- DM in diesen zwei Wochen verdient haben.

Kalle hat mich angebrüllt und gesagt, dass ich weitermachen muss. Ich habe protestiert. Da hat er mir eine runtergehauen. Er hat mich geschlagen! Für mich brach eine Welt zusammen. Er sagte: „Du wirst dich nicht widersetzen. Du wirst schön weiterarbeiten und deine Schulden bei mir abbezahlen. Glaubst du, ich investiere soviel in dich, wenn ich das nicht wieder herausbekomme, Kleider, Reisen usw.? Mit mir nicht! Wenn du Zicken machst, setzt es etwas, ist das klar?" Dabei schlug er noch einmal zu.

Seit einer Woche habe ich nicht mehr mit ihm geschlafen. Ich wollte; aber er wollte nicht. Er hat gesagt: „Eine Nutte ist zum Arbeiten da. Ich schlafe nicht mit Nutten."

Was ist nur aus mir geworden. Aber ich liebe ihn trotzdem noch.

Nächste Woche werde ich achtzehn. Kalle hat gesagt, dass wir das im Club groß feiern wollen.

Die nächsten Tage vergehen wie die letzten. Arbeiten,

anschaffen, trinken, besoffen sein.

Einen Tag vor meinem Geburtstag muss ich zum Arzt. Kalle bringt mich hin. Er gibt mir 35,-- DM; soviel kostet die Untersuchung. Ich habe ja kein Geld. Kalle behält alles. Er gibt mir nur das Nötigste. Er kassiert immer von Eva. Eva sagt, sie darf mir nichts geben, weil sie sonst von Kalle verprügelt wird.

Mein Geburtstag ist da. Kalle ist wieder sehr lieb zu mir. Er schenkt mir eine tolle Uhr. Ich wusste doch, dass er mich liebt! Abends fahren wir zum Club. In der Nacht, gegen 03.00 Uhr soll gefeiert werden. Vorher ruft die „Arbeit".

Ich bin schon etwas lockerer, und der Abend geht schnell herum. Es ist auch nicht viel los.

Nur die Sitte kommt. Ich bin schon stolz, dass ich nicht mehr verschwinden muss. Ich zeige meinen Ausweis und den Bockschein. Alles in Ordnung! Dann fragt der Beamte, warum ich auf den Strich gehe. Ich kann ihm doch nicht sagen, dass ich Kalle liebe und nur arbeite, weil er in Not geraten ist! Ich sage, dass ich selbst auf die Idee gekommen bin, weil ich meine, auf diese Weise am schnellsten zu Geld zu kommen. Die Beamten gehen; aber ich merke, dass derjenige, der mich gefragt hat, mir nicht glaubt. Er schüttelt nur den Kopf, als er rausgeht.

Um 03.00 Uhr kommt Kalle. Er bringt fünf Männer mit. Es sind die Freunde der Mädchen und der Besitzer der Bar, den ich noch nicht kennengelernt habe.

Wir sitzen alle an der Bar, und es wird richtig lustig. Ein Spaß und ein Witz nach dem anderen. Kalle stellt mich und meine Schönheit und meine Folgsamkeit heraus.

Alles klatscht und gibt Beifall. Es wird viel getrunken.

Einige rauchen komische Zigaretten. Der Rauch duftet sehr süß. Auch Kalle, der sonst nicht raucht, nimmt eine. Nach kurzer Zeit sehe ich, dass Kalles Augen in die „Ferne" sehen, so als wenn er weit weg ist. Jeanette fragt mich, ob ich eine Zigarette möchte. Es täte gut! Ich lehne ab. Die Stimmung wird größer, und auch ich werde angesteckt. Nach einiger Zeit lasse ich mich überreden, auch eine dieser Zigaretten zu rauchen. Mir wird ganz komisch, und ich muss husten. Ich habe doch noch nie geraucht. Nach kurzer Zeit habe ich das Gefühl, dass alles um mich herum auf Wolken sitzt. Ich dazwischen. Ich sehe alles ganz klar. Klarer als sonst. Die Musik höre ich viel intensiver, die Farben sind irgendwie farbiger und und klarer.

Einer der Männer sagt plötzlich: „Los Biggi, nachdem dein Kerl so von dir geschwärmt hat, wollen wir mal sehen, was du kannst und wie du aussiehst. Zier dich nicht, und mach einen Striptease auf der Bühne. Eva – das richtige Licht und die Musik – dann los." Ich sehe Kalle an. Er nickt mit dem Kopf. Wie auf Wolken gehe ich zur Bühne. Ich bin stolz, habe ein ganz tolles Gefühl. Seht, ja das bin ich, die Biggi, seht her, so gut sehe ich aus. Ich kann etwas.

Die Mädchen und die Männer stellen sich um die Bühne herum. Ich stehe in der Mitte. Die Arme leicht angewinkelt und die Hände in die Hüfte gestemmt. Ja, das bin ich. Die Musik spielt, und ich bewege mich im Takt. Dabei öffne ich langsam den Reißverschluss meines Kleides und lasse es zu Boden gleiten. Den Zuschauern zeige ich den Rücken. Ich drehe mich langsam um, und alles johlt vor Begeisterung. Das spornt mich an. Ganz langsam öffne ich den BH und fummele daran herum, bevor ich ihn ganz abnehme. Die Männer rufen:

„Das ist gut, weiter so!“

Als ich dann nackt auf der Bühne stehe und die Musik aufhört, bin ich mit mir sehr zufrieden.

Die Zuschauer auch.

Ich gehe von der Bühne, um mich unten wieder anzuziehen. Ich werde von einem der Männer festgehalten und heruntergerissen. Er legt sich sofort auf mich und führt sein Glied in meine Scheide ein, schläft mit mir. Ich bin noch in Trance und mache mit. Die Zuschauer stören mich dabei nicht. Ich habe ja solche Dinge schon vor der Kamera getrieben. Mir macht das Spaß.

Die Zuschauer spenden Beifall, und kurz danach liegt alles durcheinander auf der Bühne. Nackte, schwitzende Körper. Ich sehe Kalle, der es mit Lola, der Rothaarigen treibt. Das ist Sumpf. Hier gehöre ich jetzt hin. Heute war mein Einstand. Das ist meine Strafe, und Spaß macht es auch noch.

14. Kapitel

Ich wache auf, bin zu Hause im Bett. Kalle liegt neben mir. Ich habe einen schlechten Geschmack im Mund. Mein Kopf hämmert; mir ist übel. Ich muss mich übergeben, kann aber nicht aufstehen. Ich breche einfach ins Bett. Was habe ich gestern Nacht geraucht? Irgendwie habe ich mitbekommen, dass einer was von „Joint“ geredet hat.

Das ist doch Haschisch, Rauschgift! Mir geht es beschissen. Aber – ging es mir durch die Zigaretten in der Nacht nicht gut? Konnte ich damit die Scheiße des Lebens nicht besser ertragen als mit Alkohol? Ich werde es mir merken. Und – wie komme ich zu diesen Ausdrücken? Umgang prägt.

Es dauert bis zum Abend, bis es mir endlich besser geht. Ich habe mich mit diesem Leben abgefunden. Eigentlich geht es mir ja gut, auch wenn ich kein Geld zur Verfügung habe. Und den Ekel, den kann man getrost wegtrinken.

Ich habe noch Glück gehabt. Die Gäste im Club sind meistens nett. Es gibt keinen Ärger. Sie sind auch sauber, und Ausländer werden nicht eingelassen. Das Problem Aids ist zwischenzeitlich in aller Munde. Wir sind aber der Meinung, dass uns ja nichts passieren kann. Das geht uns nichts an. Wir suchen uns unsere Gäste ja aus.

15. Kapitel

Der Frühling ist da; die Sonne scheint; die Knospen der Bäume und Büsche springen auf. Die Vögel singen ihre wunderschönen Lieder. Ich träume – ich träume von zu Hause, meinen Eltern, meinem Bruder, der Schule. Lange ist es noch nicht her und doch eine ganze Ewigkeit. Wie war ich glücklich – und heute?!

Die Arbeit in der Club-Bar machte mir anfangs sogar etwas Spaß. Das Geld kam; ich verdiente gut. Kalle gab mir, was ich brauchte. Wir unternahmen auch wieder kleinere Ausflüge. Einmal in der Woche, meist dienstags, brauchte ich nicht zu arbeiten. Da war nichts los. Wir fuhren in die Heide oder an die Ostsee. Das Leben normalisierte sich einigermaßen, wie man so schön sagt. Nur Kalle schlief nicht mehr mit mir. Er blieb seinem Grundsatz treu. Mit einer Hure schläft er nicht.

Ja, ich war und bin eine Hure.

Ich schlafe für Geld mit Männern. Für gutes Geld, das Kalle mir zwar vorenthält, aber er sagt, er spart es für mich. Es muss schon ein schöner Haufen zusammengekommen sein...

Abend für Abend war ich im Club. Das Geschäft war anfänglich sehr gut. In der Stadt waren einige Konferenzen und Handelsmessen. Davon konnten wir profitieren. Die Geschäftsleute, weit weg von zu Hause, suchten ihre Zerstreuung bei uns.

Seit meinem Auftritt zu meinem Geburtstag war ich noch als Stripteasetänzerin engagiert. Pro Auftritt erhielt ich 50,-- DM zusätzlich. Je nach Andrang der Gäste trat ich 3-4 mal in der Nacht auf. Es war ausgemacht, dass ich strippe, wenn gleichzeitig vier Gäste im Club anwesend sind. Ich glaube, ich habe es gut gemacht. Nach fast jedem Auftritt hatte ich meinen Zimmergang, der mir wieder Geld brachte. Besonders lief das Geschäft, als der Pornostreifen herauskam, in dem ich die „Hauptrolle" gespielt habe. Der Film flimmerte auf dem Fernsehgerät, und die Gäste sahen zu.

Es ist oft vorgekommen, dass sich plötzlich einer umdrehte und mich ansah. Das bist du ja, oder täusche ich mich? Das ist ja geil; los, lass uns ficken. Ich habe noch nie mit einer Schauspielerin. Ich verdiente meist das Doppelte als die anderen Mädchen.

Kalle konnte zufrieden sein. Es gab auch lustige Dinge in den vergangenen Wochen. Da kam doch ein seriös gekleideter älterer Mann in den Club. Er nahm mich mit aufs Zimmer. Ich zog mich dann aus wollte ihn zum Geschlechtsverkehr animieren. Aber er wollte nicht! Er verlangte, dass ich ihm in der Küche Kartoffeln koche. Er wollte alles bezahlen. Das war nicht einfach. Während der Mann wieder an die Bar ging und meinen Pornofilm ansah, rief ich ein Taxi. Woher Kartoffeln bekommen um 03.00 Uhr? Der Taxifahrer besorgte die Kartoffeln von sich zu Haus. Ich gab ihm 10,-- DM Trinkgeld.

Dann kochte ich die verlangten Kartoffeln – Pellkartoffeln! Zwischendurch fragte ich den Mann, wie er sie zubereitet haben möchte. „Nur eine große Schüssel mit den Kartoffeln darin, und dann mit ins Zimmer bringen."

Das tat ich dann auch. Ich kam ins Zimmer und stellte die

Schüssel ab und sagte: „Guten Appetit". „Zieh Dich ganz aus", sagte der Mann. Ich gehorchte. Der Grundpreis für einen Zimmergang war ja schon bezahlt. Der Mann zog sich aus.

Er stellte sich auf das Bett und sagte mit erwartungsvoller, zittriger Stimme: „Los du geile Sau, schmeiß mich tot. Ich will, dass du mir die Kartoffeln an die Eier schmeißt. Und ziele gut!"

Ich war total perplex und fing laut zu lachen an. Er stürzte sich auf mich und gab mir eine Ohrfeige. „Ich meine das im Ernst, los jetzt, ich habe bezahlt!" Er ging wieder auf das Bett zurück. Ich nahm die Schüssel mit den Kartoffeln, ging in die Ecke zwischen Schrank und Tür, nahm eine heiße Kartoffel und warf sie in die Richtung des Spinners. Er brüllte laut vor Freude...

Ich warf weiter. Nach der vierten Kartoffel bemerkte ich, dass sein Glied steif wurde. Ich dachte, das gibt es doch nicht. Es stachelte meinen Eifer an, und ich warf eine ganze Salve auf den Mann.

Ich zielte auf sein Glied und traf auch einige Male. Die durchgekochten Kartoffeln zerplatzten an seinem Körper und fielen auf Bett und Boden. Er begann an seinem Glied zu manipulieren. Bis er kam, waren auch die Kartoffeln verbraucht.

Er verzog sein Gesicht zu einer Grimasse und dann grunzte er laut; dann war es erledigt. Er zog sich an, und wir gingen runter in die Bar. Auf dem Weg dahin sprachen wir nicht. Er nahm aus seiner Tasche einen 500,-- DM-Schein und gab ihn Eva. Er sagte: „Das war gekonnt und super; ich werde wiederkommen." Sprach's und war verschwunden.

Eva sah mich an, als ob ihr Kater Junge bekommen hätte.

Ich erzählte ihr und den Mädchen von meinem Kartoffelspinner; wir haben uns köstlich amüsiert. Der Mann jedenfalls kam vier Wochen später wieder, und er wurde mein Stammgast.

Nach einiger Zeit wurde das Geschäft schlechter. Die Gäste blieben aus. Nicht weit entfernt hatte ein neuer Club eröffnet.

Die Gäste gehen nach dort. Die Mädchen sind neu und müssen erst einmal ausprobiert werden.

Jedenfalls war es nichts mehr mit dem Geschäft. Wir saßen nur noch nächtelang rum, tranken und rauchten, was ich mir inzwischen auch noch angewöhnt habe!!!

Zwischenzeitlich bin ich eine starke Raucherin.

Ab und zu ziehe ich mir auch einen Joint rein. Es beruhigt und macht das Leben schön – glaube ich!

Wenn sich nun doch einmal ein Gast in den Club verirrte, gab es Krach. Alle Mädchen stürzten sich auf ihn. Jede wollte das Geld verdienen. Einige gingen so sehr brutal vor, dass ich kaum noch etwas verdiente. Die Pia holte, sofort wenn ein Mann kam, ihre Titten heraus und wirbelte sie dem Gast um die Ohren – mit Erfolg natürlich.

Wir waren alle sauer, weil wir auch mit unseren Männern Ärger bekamen. Die wollen nur Geld sehen. Wie es rangeschafft wird, ist denen doch egal. So kam es, dass wir nach und nach alle im langen geschlitzten Rock saßen und unsere Oberweite frei in den Raum stehen oder baumeln ließen! Es waren so wieder gleiche Voraussetzungen geschaffen!

Aber nach anfänglichem Erfolg der Tittenshow bei den Gästen verebbte der Andrang ebenso schnell auch wieder.

Ich habe das Gefühl, dass Männer die nackten Tatsachen

zwar schätzen, diese aber lieber niedlich und reizvoll verpackt sehen wollen.

Es kamen kaum noch Gäste, und die, die kamen, ließen sehr zu wünschen übrig. Keine Geschäftsleute mit Geld mehr. Nur noch Männer, die uns um jeden Pfennig feilschen ließen; teilweise waren die auch stark angetrunken. Das Geschäft war einfach schlecht.

Gestern sagte Kalle: „Wenn du weiter nichts verdienst, müssen wir andere Seiten aufziehen. Dann kommst du in einen Puff in einer Bordellstraße. Da bekommst du für den einzelnen Freier weniger Geld; aber die Masse macht's dann!"

Ich war entgeistert. Ich bin zwar eine Nutte, aber eine bessere! Ich habe schon einiges von solchen Straßen, die nur für Fußgänger zugänglich sind, gehört. Da will ich nicht hin. Eine solche Straße hat Schutzwände an beiden Seiten, Häuser, in denen die Erdgeschossräume passend mit kleinem Fenster gebaut sind. Fenster, die gleichzeitig als Tür zu benutzen sind. Dahinter Frauen, die sich anbieten und die Männer auf der Straße ansprechen. Fleischbeschau und Auswahl, wie in einem Lebensmittelladen. Nein, nicht für mich!

Auch diese Nacht habe ich nichts verdient. Kalle holt mich ab, und wir fahren nach Hause. Er klärt mich auf: „Heute habe ich mir in der Großstadt die Strichstraße angesehen. Das ist das Richtige für dich, Kleines. Ich habe alles arrangiert. Du fängst dort in der Goldenen Orchidee, die Häuser haben alle Namen, an. Morgen früh bringe ich dich in die Stadt. Du gehst dann zur Untersuchung beim Gesundheitsamt, anschließend Anmeldung bei der Polizei, bei der Sitte. Du ziehst dann in das Haus und arbeitest. Das Zimmer ist für dich gemietet. Du arbeitest nachts und schläfst dich tagsüber aus. Ich habe dem

Verwalter alles Erforderliche gesagt. Er wird auf dich aufpassen. Samstags komme ich dich besuchen. Außerdem habe ich noch einige Freunde dort, die auch auf dich aufpassen. Mach also keine Scheiße; verdiene gut, und uns beiden wird es gut gehen. Übrigens, ab jetzt läuft unser Verhältnis nur noch geschäftlich. Du zahlst dein Zimmer selbst. Das sind 100,-- DM, die du täglich „abdrücken" musst. Auch verpflegen musst du dich allein. Von deinen Einnahmen bekomme ich jeweils samstags 60 %. Immerhin hast du mir viel zu verdanken, und ich sorge dafür, dass dich niemand unerlaubt anrührt. Haben wir uns verstanden?"

„Ich mach das nicht. Ich gehe nicht auf die Straße. Das mache ich nicht mit." Ich schrie, weinte, wollte weglaufen. Kalle hielt mich fest. Er schlug mich. Ich fiel hin. Er schlug weiter. Er trat mir in die Seite; ich war so benommen, dass ich liegen blieb. Ich wollte nur noch eines – sterben!

Kalle ging zum Schrank, holte etwas aus dem Schubfach. Er kam zurück. Eine Spritze hielt er in der Hand. Er griff meinen Arm. Sollte er mich doch umbringen. Was hat das Leben noch für einen Sinn?! Mit einer Krawatte hatte er mir den Arm abgebunden. Kalle setzte die Spritze am linken Arm in der Armbeuge an. Ich bekam kaum etwas mit. Es ist sowieso alles zu Ende – zu Ende...

Er trifft die Vene und drückt den Kolben langsam herunter. Die Flüssigkeit aus der Kanüle rinnt langsam in meine Vene und vermischt sich mit Blut. Mir wird plötzlich ganz heiß. Was ist das? Kurz danach geht es mir besser. Ich schwebe und sehe alles weit weg. Es ist, als träume ich. Ich spüre keine Schmerzen mehr.

Kalle sagt: „So mein Kleines, nun wirst du mir gehorchen.

Du wirst alles tun, damit du an den „Stoff“ herankommst. Ich habe dich nun endgültig in der Hand. Du wirst noch darum betteln und bitten, mir die Füße küssen, nur um an Heroin zu kommen!“

Ich höre die Worte, kann sie aber nicht umsetzen.

Dieses Gefühl des Schwebens, es bleibt – sogar sehr intensiv.

16. Kapitel

Lange habe ich nicht schlafen können. Ich kann keinen klaren Gedanken fassen. Ich schwebe immer noch; mir ist alles egal. Ich ziehe mich an. Hochgeschlossen, so wie Kalle es mir gesagt hat. Bei der Polizei soll man nicht zu reizvoll erscheinen.

Den Koffer packe ich, als sei er nicht für mich.

Wir fahren los. Kalle hat den Porsche inzwischen tatsächlich verkauft. Er fährt nun einen dreijährigen 450er Mercedes. Mit allen technischen Schikanen. Aus den Lautsprechern – natürlich Quadrophonie – dröhnt Popmusik. Ich bin das nicht. Alles läuft neben mir her.

In der Großstadt angekommen geht Kalle mit mir in eine Boutique, in der es Miederwäsche gibt, kauft mir rote Strapse und eine rote Corsage. Er meint, das sei meine neue Arbeitskleidung.

Dann geht es zum Gesundheitsamt. Ein älterer Arzt untersucht mich. Er ist sehr nett, behandelt mich als normale Frau. Das tut gut. Kalle bleibt im Auto sitzen.

Dann fährt er mich in die Nähe des Polizeihochhauses. Hier setzt er mich ab, gibt mir 20,-- DM für die Taxe zur Strichstraße. Ich frage mich zur Sitte durch. Der Beamte fragt, woher ich komme, in welches Haus ich einziehe, ob ich schon anschaffen war, ob ich es freiwillig mache oder gezwungen wurde. Nach einer halben Stunde sind die Formalitäten erledigt. Der Beamte ruft ein Taxi, und ich fahre zu meiner neuen Arbeitsstätte...

Am Eingang zur Straße wartet Kalle. Zwei Männer stehen bei ihm. Sie werden mir vorgestellt, Jürgen und Ede. Ede soll morgens das verdiente Geld, Kalles 60 %, abholen.

Ich bin mit allem einverstanden. Kalle bringt mich zum Haus, die „Goldene Orchidee".

Auf dem Weg wird mir übel. Ich fange an zu schwitzen und gleichzeitig zu frieren. Ich zittere. Kalle sagt: „Nun, die Wirkung des Heroins ist verschwunden, mein Schatz; ich habe Ede die nötige Menge für dich gegeben. Er gibt dir davon, wenn du artig warst und gut verdient hast!" Vor dem Haus verabschiedet er sich kurz. „Hier in der Zigarettenschachtel ist deine heutige Ration und die Einwegspritze. Dosiere gut; lass dir von einer Kollegin helfen. Es sind noch andere Frauen an der Nadel. Der Verwalter erwartet dich und wird dich einweisen."

Kalle dreht sich um und geht. Er hat mir gesagt, dass Männer von den Frauen nicht gern im Haus gesehen werden. Er will sich daran halten. Seine Freunde und auch der Verwalter würden mir helfen, vorausgesetzt, ich führe mich gut.

Ich gehe auf ein Fenster zu. Hinter dem Fenster sitzt eine Frau. Sie trägt nur BH und Höschen. In lila. Sie macht das Fenster auf, und ich sage ihr, dass ich hier arbeiten soll. Sie lässt mich rein und bringt mich in die dritte Etage. Hier ist mein Aufenthaltsraum. Hinter einem Schreibtisch sitzt der Verwalter. Er begrüßt mich. Die Frau geht wieder nach unten.

Mein Zittern hat etwas nachgelassen; dafür rauche ich eine

Zigarette nach der anderen. Der Verwalter bietet mir zur Begrüßung einen Cognac an. Ich stürze mich regelrecht darauf.

„Dann wollen wir mal erklären, wie es hier so lang geht. Dein Zimmer ist in der 1. Etage. Miete kostet 100,-- DM pro Tag. Dafür liefern wir Kleenex und die Gummis. Zusätzlich nehmen wir 20,-- DM Block täglich. Das heißt, dass du dafür vier Getränke frei hast. Diese 20,-- DM sind Pflicht. Alles, was du mehr trinkst, kostet pro Getränk 5,-- DM. „Arbeiten" kannst du am Fenster vier."Er erklärt weiter, dass 12 Frauen im Haus arbeiten. Einige tagsüber, andere nachts, zwei der Frauen auch durchgehend. Bezahlt wird morgens um 06.00 Uhr für den folgenden Tag. Wenn man einen Tag oder mehr frei macht, muss die Miete und der Block weiter bezahlt werden!

Ich erfahre, dass für den GV mit Gummi, Standard 30,-- DM verlangt wird. Das steigert sich nach Leistung. Französisch 50,--- DM, eine halbe Stunde mit dem Gast 100,-- DM, Partie mit zwei Mädchen entsprechend mehr. Der Verwalter bringt mich zu meinem Zimmer.

Ich räume die Koffer aus. Es klopft an der Tür. Gleichzeitig wird die Tür geöffnet.

„Ich heiße Sabine." Eine rassige Frau, schwarzhaarig, sieht aus wie eine Zigeunerin, betritt den Raum. „Ich habe dich kommen sehen und gemerkt, dass du neu bist. Du siehst gut aus, und ich glaube, wir könnten gut zusammen arbeiten. Es ist immer besser, wenn man nicht allein ist. Gemeinsam steht man alles besser durch. Dir geht es nicht gut? Dir sieht man an, dass dir etwas fehlt. Bist du auf der Nadel?" Ich sage ihr, dass Kalle mir die Spritze gegeben hat, und ich möchte, dass es mir besser geht. Ich gebe ihr die Zigarettenschachtel mit dem Heroin. Sie hilft mir. Sagt, dass sie eine Frau kannte, die auch süchtig war. Sie habe ihr oft geholfen. Daher wisse sie auch, wie man spritzt und alles vorbereitet.

Ich bin nicht süchtig!

Mir geht es nur schlecht, und ich hoffe, dass es mir durch die Spritze dann besser geht. So wie gestern.

Ich fühle die heiße Welle, und schlagartig wird mir wohler.

Sabine und ich gehen in ein nahegelegenes Café. Wir unterhalten uns, und ich erzähle ihr meine Geschichte. Sie lächelt und sagt: „So ist das. Jede kommt auf andere Art und Weise zu unserem Geschäft; aber im Endeffekt sitzen wir alle im selben Boot."

Sie sagt, dass sie schon 26 Jahre alt ist. Nach der Schule hat sie einen netten Jungen kennengelernt. Weil sie sich mit ihren Eltern nie vertragen hat, wollte sie schnell von zu Hause weg. Mit 18 hat sie den Jungen geheiratet. Mit neunzehn war sie schwanger, mit zwanzig wieder. Dann kam der große Schlag, als sie zweiundzwanzig Jahre alt war. Ihr Mann, ein Motorradfan, ist mit seiner Maschine verunglückt – tödlich – und hat sie so mit den Kindern allein zurückgelassen. Nach der Beerdigung stand sie mit zwei Kindern da und wusste nicht, wie es weitergehen sollte. Gelernt hatte sie nichts. Sie musste arbeiten. Die Kinder hat sie in einem Hort untergebracht. Sie hat eine Putzstelle in einem Hochhaus angenommen. Das ging anfangs auch ganz gut. In den Büros wurde sie von den Angestellten geil angesehen, und mancher gab ihr einen Klaps auf den entzückenden Po. Sie war darüber sauer und regte sich sehr darüber auf und meldete das ihrem Chef. Der meinte, dass sie das hinnehmen soll. Schließlich sei das ja nicht so schlimm. Daraufhin hat sie die Stelle gekündigt.

Die Not wurde größer.

Eines Tages traf sie eine Schulfreundin; der erzählte sie ihr Unglück. Die Freundin meinte, dass sie eine Arbeit wüsste. Sie dürfe nur nicht prüde sein. Sie soll um 18.00 Uhr am Museumsplatz sein. Sabine wohnte damals in einer Hochhaussiedlung der Stadt. Um 18.00 Uhr erschien sie. Die Freundin nahm sie dann mit zu ihrer „Arbeit". Eine Peep-Show. Sabine sollte sich das ansehen und selbst entscheiden. Sie könne 150,-- DM pro Tag verdienen, wurde ihr gesagt.

Sie ging mit der Freundin in den Aufenthaltsraum. Hier saßen fünf andere Frauen herum. Sie erfuhr, dass das alles Hausfrauen, Studentinnen und arbeitslose Frauen waren. Kurz darauf kam eine sechste Frau dazu; eine der anderen Frauen verschwand dafür hinter der Tür, kam aber nach fünf Minuten zurück. Zwischendurch hatte sich die Freundin ausgezogen. Sie trug nur noch ihre Schuhe und hatte sich einen Bademantel umgelegt. Die Frauen strickten oder lösten Kreuzworträtsel. Dann kam die Freundin an die Reihe. Sie ging zur Tür. Sabine ging bis zur Tür mit. Sie sah durch die angelehnte Tür dem munteren Räkeln der Freundin zu.

Die Freundin zog den Bademantel aus; nackt, wie sie war, kreiste sie auf dem Rundbett, das sich langsam dreht. Dabei streichelte sie ihren Busen. Dann legte sich das Mädchen auf das Bett, spreizte die Beine und ließ sehen, was sie hat. Um das Bett herum gebaut waren Kabinen. In Kopfhöhe der Kabinen waren Klappen. Fast alle Klappen waren geöffnet, und man sah Männergesichter. Ab und zu ging eine Klappe wieder zu, öffnete sich aber kurz danach wieder, und ein anderes Gesicht erschien.

Nach fünf Minuten kam eine Kollegin und löste die Freundin ab. Im Aufenthaltsraum erklärte die Freundin, dass dies alles sei. Es wäre leicht verdientes Geld im Liegen, und die geilen Böcke würden dafür bezahlen. Es würde ihr gar nichts ausmachen. In der Badeanstalt würde man auch ohne Oberteil liegen und sich angaffen lassen.

Sie hatte eigentlich recht. Sabine kannte die geilen Böcke aus den Büros. Sollten sie doch für das bloße Sehen ordentlich bezahlen, pro Minute eine Deutsche Mark. Ihr würde schon nichts weggeguckt werden.

Die Freundin erzählte noch von einer zusätzlichen Verdienstmöglichkeit. Es würde noch eine Einzelkabine geben, und wenn ein Mann eine bestimmte Frau für sich ganz allein ansehen will, kann er sie anfordern. Dafür müsse der Kerl aber pro Minute fünf DM bezahlen. Diese Einzelkabine sei so konstruiert, dass man das Fenster von innen öffnen kann. Der zusätzliche Verdienst würde darin bestehen, dass man fürs Antatschen weiteres Geld verlangt.

Sabine hatte sich für die Arbeit entschieden.

Sie arbeitete etwa ein Jahr in der Peep-Show, ließ sich anstarren und angrabschen. Das verdiente Geld reichte ihr anfangs, und sie schickte ihre Kinder in ein gut geführtes privates Heim. Das war nicht gerade billig. Sie sah den Luxus, in dem andere lebten, musste selbst mit dem Nötigsten auskommen – wegen der Kinder.

Dann ließ sie sich von einer anderen Bekannten zur Prostitution auf der nahegelegenen Strichstraße überreden. Gutes Geld kam herein, und sie überwand ihren anfänglichen Ekel.

Eines Tages kam ein Freier, der ihr nach dem

Geschlechtsverkehr eine schmierte, dann aber ging. Kurz danach erschien ein Zuhälter am Fenster, der ihr sagte, dass sie Schutz benötige. Von einem weiteren, wiederum geschickten Freier wurde sie dann krankenhausreif geschlagen.

Seit dieser Zeit zahle sie Schutzgeld, 60 % ihrer Einnahmen. Sie könne aber nicht aufhören, weil sie das Kinderheim bezahlen muss.

Zur Polizei kann sie auch nicht gehen. Sie würde dann wohl keinen Tag länger leben.

Das Gespräch mit Sabine dauerte ziemlich lange. Es fängt schon an zu Dunkeln.

Wir gehen gemeinsam zur „Goldenen Orchidee" zurück. Ich bin sehr nachdenklich geworden.

17. Kapitel

Die erste Nacht ist vorbei. Es war ein Alptraum im Gegensatz zur Arbeit im Club. Mit der Prostitution habe ich mich abgefunden. Aber was ich hier erlebe, ist doch das Letzte.

Sabine und ich saßen im gleichen Fenster, das man Koberfenster nennt. Man kobert die Kerle an, das heißt, es wird versucht, sie ins Haus zum Geschlechtsverkehr zu locken. Der Grundbetrag wird natürlich sofort kassiert. Im Zimmer versucht man, die Leistung, sprich den Preis, zu erhöhen, den Freier ordentlich zu melken. Sabine sagt mir, dass man zuerst das Gummi auf das Geschlechtsteil zieht, dann anwichst, bis er steht, möglichst lange; vielleicht kommt er dann schon. Dann fertig und raus mit ihm. Auch soll man immer über dem Mann bleiben, nie darunter. Man muss immer abspringen können. Dann darauf achten, wie viel Alkohol der Mann getrunken hat. Versuchen, „Falle zu schieben“. Das heißt, den Penis nicht in sich aufnehmen, sondern zwischen die Oberschenkel stecken. Viele Männer merken das gar nicht. Sabine sagt, dass es Übungssache sei. Sie kenne eine Kollegin, die nachweislich nach sechs Jahren Nuttendasein noch Jungfrau sei. Sabines Informationen sind gut, aber schwer durchzuführen. Jeder Freier benimmt sich eben anders.

Sabine sah interessiert auf die Straße. Sie trug einen durchsichtigen BH und ein Tangahöschen. Ich habe mir das neue Corsett angezogen. Ein Mann blieb vor dem Fenster stehen. Sabine öffnete und fragte: „Willst du mal, dann komm rein.“ - „Wie teuer soll das denn sein?“

Sabine: „Dreißig DM, los komm schon mit; ich mache es dir bestimmt gut.“ - „Nein, das ist zu teuer; ich suche weiter.“

„Arschloch, verpiss dich!“

Sabine hatte das Fenster zugeknallt. Sie meinte, dass zur Zeit viele solcher Ärsche auf der Straße sind, die nur sehen wollen und sich daran aufgeilen.

Dann öffnete sie wieder das Fenster und rief einen Mann heran, der auf ihr Angebot einging. Sie ließ ihn eintreten und verschwand im Flur des Hauses.

Kurz danach kam wieder einer zum Fenster. Wir vereinbarten 30,-- DM, und ich nahm ihn mit hoch. Ich tat, was Sabine mir beigebracht hatte. Es lief auch ganz gut, nur dass dieser Mann absolut nicht in die Kategorie Club oder Puff einzuordnen war. Er stank nach Schweiß und hatte eine starke Alkoholfahne. Dazu verlangte er noch französische Behandlung. Das brachte zwar mehr; aber mir war nicht gerade gut zumute.

Als ich zurück kam, saß Sabine bereits wieder im Fenster. Ich wusch mich gründlich, um auf den nächsten Freier zu warten, der auch bald kam.

In dieser Nacht habe ich zwölf Gäste gehabt. Ich habe insgesamt 750,-- DM kassiert, aber auch eine Flasche Cognac dabei ausgetrunken. Zwischendurch habe ich mich zweimal übergeben müssen. Die Nacht war ekelhaft. Ich fühle mich missbraucht.

Es ist kurz vor 06.00 Uhr, und der neue Tag hat begonnen.

Das Wetter ist trübe, so wie mein Allgemeinzustand. Gleich kommt Ede und kassiert ab. 450,-- DM muss ich ihm geben. Der Rest ist für mich. Bleibt ein Betrag von 300,-- DM. Davon 120,-- DM fürs Haus. Na ja, da bleiben mir ja noch 180,-- DM, ganz gut.

Aber Sabine hat mir meine Freude auf das Geld gleich gedämpft. Sie sagt, nur neue Frauen im Puff verdienen zuerst ganz gut. Die notorischen Puffgänger kennen alle Frauen hier. Sie wissen sofort, ob „Frischfleisch" angekommen ist und probieren dann gleich aus. In ein paar Tagen gehöre ich auch zum alten Stamm, und dann ist es vorbei mit dem großen Geschäft.

Ich falle todmüde ins Bett. In das Bett, in dem ich in der vergangenen Nacht mit zwölf fremden Kerlen gelegen habe. Scheiß Männer!

18. Kapitel

Es ist Samstag. Kalle hat angerufen. Er kommt nachher. Wir wollen ausnahmsweise einmal essen gehen. Er ist sehr zufrieden, sagt, dass er nur Gutes von mir hören würde. Ich weiß nicht warum; aber ich freue mich, dass er das sagt. Ich glaube, ich hänge noch an ihm.

Er taucht auf der Straße auf. Ich habe ihn schon erwartet. Gut sieht er wieder aus. Er hakt mich ein, und wir schlendern durch die Öffnung der Sichtschutzwand. Nach dem Essen erzählt er mir, dass er sich eine neue Rolex gekauft hat und ich noch mehr arbeiten müsste. Wenn seine Rolex bezahlt sei, bekäme ich auch eine von ihm. Mir ist aber im Moment viel wichtiger, ob er dem Ede genügend Heroin mitgebracht hat, damit ich ausreichend versorgt bin. Er bestätigt das, sagt aber gleich, dass ich das Zeug nur bekäme, wenn ich noch mehr Geld bringen würde. Ich bin verzweifelt. Dieser Mistkerl. Von meinem erschufteten Geld macht der sich ein schönes Leben. Noch mehr, das ist kaum möglich. Und außerdem habe ich in der vergangenen Woche doch wohl gut verdient. Insgesamt hatte ich 98 Freier. Achtundneunzig!!! In diesem Scheißjob steckt man schon so manchen „Meter“ weg! Also viel Geld ist für mich wirklich nicht übrig geblieben. Alles für Kalle, Miete, Block, Friseur, Solarium.

Sabine hat gemeint, das Kapital ist Schönheit, also auch

knackige Bräune und eine gepflegte Frisur. Das reizt die Männer. Und nun will Kalle schon wieder mehr Geld. Ich sage ihm, dass das nicht geht. Er wird darüber ziemlich wütend. Er sagt, ich muss und basta. Er droht mir Schläge an, bringt mich zum Straßeneingang und haut dann ab.

Sabine merkt sofort, dass ich geknickt bin. Sie nimmt mich in den Arm und tröstet mich. Arbeiten muss ich wirklich; denn ich brauche den Stoff! Die folgenden Nächte sind schon nicht mehr so ertragreich. Am Dienstag ist es dann soweit. Ich gebe dem Ede 180,-- DM für Kalle. Ich habe nur 300,-- DM verdient. Ede brüllt. Er würde das Kalle sagen, das sei ja wohl ein Witz. Ich sage, dass ich selbst nur noch 120,-- DM für Miete und Block habe. Aber er meinte, das sei ihm doch egal. Unter diesen Umständen könne er mir den Stoff natürlich nicht geben. Er geht weg.

Ich bin total fertig. Ich zittere, schwitze, kann nicht schlafen, merke den Entzug.

19. Kapitel

Sabine ist es, die mir hilft. Sie ist schon lange in der Stadt und hat entsprechende Kontakte. Am Nachmittag hat sie mir Stoff besorgt. Der kostet aber 200,-- DM, und ich bleibe ihr das Geld schuldig. Ich setze mir sofort die Spritze und fühle mich sogleich wieder wohler.

Am Abend habe ich gleich einen guten Gast. Ich fühle, dass ich gut drauf bin. Danach ist aber gleich wieder Flaute angesagt. Kein Freier – nichts zu verdienen.

Ich fange an zu überlegen, wie ich das Geschäft wohl ankurbeln könnte.

Gegen Morgen kommt noch ein zurückgebliebener Zecher ans Fenster, der auch mit nach oben kommt. Als er so auf dem Rücken liegt, ich ihm das Gummi aufgezogen habe, bemerke ich, dass seine Brieftasche halb aus dem Jacket heraushängt. Und diese Brieftasche beherbergt eine Menge Geldscheine. In diesem Augenblick und bei dem Anblick der vielen „Blauen" werde ich ganz nervös. Wenn ich nur an dieses Geld heran käme, aber wie?

Als er dann geräuschvoll seinen Orgasmus bekommt und alles vorbei ist, rollt er sich, wie ein alter Ehemann zur Seite. Umgehend schläft er und fängt an, mächtig zu schnarchen. Das ist meine Chance. Ich gehe zum Stuhl, auf dem seine Sachen hängen und nehme blitzschnell die Scheine heraus. Ein dickes Bündel mit einhundert-, zehn- und zwanzig-Markscheinen. Die Brieftasche stecke ich zurück. Dann ruhig bleiben, Sabine rufen. Wir wecken den Mann, und nachdem er sich angezogen hat, schicken wir ihn raus. Er hat noch nichts bemerkt. Hoffentlich hat er es sich auch nicht merken können, in welchem der Häuser er war.

Ich habe kein gutes Gefühl im Magen. Noch nie in meinem Leben habe ich gestohlen. Aber der Erfolg entschädigt mein schlechtes Gewissen. Ich habe 2300,-- DM gezählt, - viel Geld für mich. Warum dieser Mann wohl nur einen so großen Geldbetrag mit sich herumschleppt? Egal. Das ist nun sein Problem.

Sabine erhält sofort das Geld, welches sie für den Stoff noch bekommt. Ich erzähle Sabine, dass mir der Freier eine ganze Menge Geld gegeben hat und ich ihr schon deswegen so bald das Geliehene zurückgeben kann. Von meinem Diebstahl habe ich ihr vorsichtshalber nichts erzählt.

Das ganze Geld habe ich dann dem Ede gegeben. Ich hoffe, dass ich dem Kalle damit eine Freude gemacht habe. Außerdem habe ich zur „Belohnung" wieder Stoff von Ede bekommen.

Die nächsten Tage verlaufen wieder sehr schlecht. Kaum ein Freier kann überredet werden, mit aufs Zimmer zu kommen. Nur ein positives Ereignis tritt ein. Mein Kartoffelspinner hat sich nach mir umgehört und erfahren, dass ich jetzt in dieser Stadt bin. Er ist hocherfreut, mich zu sehen. So habe ich wenigstens eine feste Einnahmequelle.

Zum Klauen komme ich auch nicht mehr. Die Männer haben meist nur abgezähltes Geld dabei. Ich bin auch nicht mehr wählerisch. Neuerdings nehme ich sogar Ausländer.

Aber die versuchen immer noch den Preis zu drücken wie im Basar. Sie fordern auch Geschlechtsverkehr ohne Gummi. Wenn sie etwas drauflegen, mache ich jetzt auch schon ohne. Dabei kann man kaum „Falle schieben“, und es ist ätzend und auch anstrengend, jedes Mal den Geschlechtsverkehr ganz durchzuführen. Aber der Rubel muss rollen. Kalle drängt, und ich brauche den Stoff.

Ich nehme auch schon einmal zwei Kerle gleichzeitig mit aufs Zimmer. Das ist von der Verwaltung verboten. Aber was macht man nicht alles, um an die Knete zu kommen. Einer der Ausländer, ein Türke, wollte mein Lude sein. Er hat wohl noch nichts von Kalle gehört?

Als er mich einmal am Fenster ins Gesicht schlug, habe ich gleich dem Ede bescheid gesagt.

Am nächsten Tag hatte der Türke ein Gesicht wie eine aufgeplatzte Pflaume.

Im Verlauf der Nacht sitzen wir Mädchen manchmal im Aufenthaltsraum zusammen, um Kaffee zu trinken. Hier erfährt man in Gesprächen eine ganze Menge über Menschen und deren Geschichten. „Ich habe mal 'nen Typen gehabt“, erzählt Corinna, „der stand auf Pisse. Er kam, und ich muss ihn auf den Bauch pissen. Dafür habe ich eintausend Eier bekommen. Später ist er von der Polizei aufgegriffen und anschließend in ein psychiatrisches Krankenhaus gebracht worden. Der Typ hat mir erzählt, dass er darauf steht, den Urin aus Frauenleichen zu trinken. Dabei ist er dann in einer Leichenhalle erwischt worden, als er mit dem Strohhalm die Blase der Leiche versucht hat zu leeren!“

Also erlebt habe ich ja nun schon eine ganze Menge; aber alles kennt man halt doch noch nicht...

Die Dominique hat von einem Kerl erzählt, der sich erst von ihr verprügeln ließ; dann wurde ihm ein Hundehalsband umgelegt, und er ist im Zimmer bellender Weise herumgelaufen. Erst dann wollte er den Geschlechtsverkehr!...

Inzwischen glaube ich, dass es nichts gibt, was es nicht gibt! Diese Art Unterhaltung zeigt mir, dass ich es noch nicht so schlecht getroffen habe.

Ich versuche mich an diesem Gedanken aufzurichten. Ich weiß, dass ich mir etwas vormache; aber Hoffnung und Glaube muss der Mensch ja haben.

Auch die Kanacken bringen nicht mehr so viel ein. Oh, ist das alles beschissen, ständig diese stinkigen ekelerregenden Mistkerle. Woher soll ich nur das Geld besorgen, das ich so dringend benötige? Kalle fordert und fordert, und wenn der Verdienst nicht ausreichend erscheint, hält er den Stoff zurück. Nur Dank Sabine kann ich diese schlechten Zeiten überbrücken. Auch der Alkohol kostet mich inzwischen Unmengen. Aber ich brauche diesen nebulösen Zustand, um das alles hier ertragen zu können. Seit einigen Wochen konnte ich mir kein Solarium mehr erlauben. Ich bin ziemlich käsig und sehe zudem sehr krank aus. Vielleicht bin ich es auch; wer weiß das schon. Ich gehe aber auch nicht zum Arzt.

Seit einiger Zeit habe ich die Miete schon nicht mehr bezahlen können. Das sind schon wieder siebenhundert Mark, und eintausend schulde ich Sabine noch.

Wie Sabine das wohl macht? Die hat eigentlich immer Geld. Sie vertraut mir an, als ich sie danach frage, dass sie drei Stammkunden hat. Geschäftsleute, die regelmäßig einmal im Monat bei ihr sind. Sie verbringt den Abend mit ihnen und bleibt dann bis zum Morgen mit im Hotel. Sie bekommt dafür jedes Mal eintausend DM. Das sind schlappe Dreitausend im Monat. Eine gute Grundlage! Ihrem Zuhälter verschweigt sie allerdings dieses beträchtliche „Zusatzeinkommen".

Hätte ich doch auch Stammkunden. Sabine sagt, dass man erst nach einiger Zeit an Stammkunden herankommt. Man muss einen Blick dafür haben und die Kerle von Anfang an richtig betutteln. Auf echte Gefühle spielen und so.

Kalle ist inzwischen stocksauer auf mich. Er hat mir noch eine Woche Galgenfrist gegeben. Sollte sich nichts ändern, würde er mich eben verkaufen. Also, ich bin doch kein Stück Vieh! Das habe ich ihm auch gesagt. Er schrie und tobte, dass er Scheine sehen will. Danach hat er mich windelweich geschlagen. Natürlich nur so, dass andere nichts sehen. Die Blutergüsse sind im Bauchbereich, Nieren und Unterleib. Eine brennende Zigarette hat er mir auf dem rechten Oberschenkel ausgedrückt, dieses miese Schwein. Ich weine nur noch, trinke, nehme Stoff, der aber auch keine positiven Eindrücke mehr vermittelt. Ich vegetiere nur noch so dahin. Ein paar Tage noch, dann ist Kalle wieder da. Ob er mich wohl wirklich verkaufen wird? Mir ist schon alles egal. Hauptsache, ich habe vor allem genug Stoff. Mit „H" lässt sich das Leben noch halbwegs ertragen.

Um mich umzubringen, dazu habe ich nicht den Mut. Das bringe ich einfach nicht.

20. Kapitel

Er hat mich doch tatsächlich verkauft; das hätte ich niemals geglaubt. Wie habe ich ihn geliebt. Und nun? Für ihn bin ich einfach nur ein „Objekt", das man beliebig verscheuern kann. Der Gedanke ist einfach widerwärtig – zwanzigtausend – mehr bin ich nicht wert, eben nur eine billige Nutte.

Nun bin ich in einer anderen Großstadt, wie angekündigt auch auf einer Strichstraße. Er kam ins Haus, obwohl das ja verboten ist, drängte mich in mein Zimmer, nahm den Koffer vom Schrank, packte ein. Ich habe nicht viel, keine eigenen Möbel, nur Klamotten und ein paar persönliche Gegenstände.

Es dauerte nicht einmal dreißig Minuten, um meine Habe einzupacken. Ich saß auf dem Wonnebett und heulte. Bin ihm um den Hals gefallen, habe gebettelt, gefleht. Nichts. Sein Gesicht hatte sich verändert, hart wie Stein, keine menschliche Regung im Auge. Und auf so einen bin ich nun hereingefallen. Diesem Menschen, der sich jetzt wie ein blutrünstiges Tier gebärdet, habe ich meine ganze Liebe gegeben, alles aufgegeben, meine Zukunft total versaut. Für ihn wäre ich in den Tod gegangen. Und nun das.

Kalle nahm den Koffer. Er forderte mich auf mitzukommen. Im Auto meinte er: „So, du Scheißnutte, du wolltest es ja nicht anders; oft genug habe ich dich gewarnt. Wer mir nicht gehorcht, dem werde ich das Fürchten lehren. In letzter Zeit bist du ein absolutes Verlustgeschäft für mich gewesen. Nicht mal Geld für deinen Stoff war übrig. So geht es nicht! Ich habe einen Freund; dieser Freund war interessiert an dir, nachdem ich ihm die Pornocassette vorgeführt habe.

Er meint, dass er in einer anderen Stadt noch etwas aus dir machen kann. Nun gut. Soll er es probieren. Wird schon seine helle Freude an dir haben. So hast du mir wenigstens zwanzig Mille eingebracht. Auch nicht schlecht. Außerdem habe ich vor einiger Zeit eine neue Jungfrau kennengelernt; die ist jetzt auch schon soweit, dass sie für mich anschaffen gehen wird. So erhalte ich meine Einkünfte. Gibt ja genügend dusselige Weiber, so wie du."

So fuhren wir in eine andere Stadt.

Im Bahnhofsviertel befindet sich das hiesige Milieu.

Wir gingen in eine Bar. Hier saß ein Typ, den man als Luden schon auf Entfernung erkennen konnte. Kalle stellt mich Jürgen, so heißt er, vor. Ich setze mich. Kalle zählt dem Jürgen meine Qualitäten auf. Ich sei zahm, leicht regierbar, sehr lernfähig.

Arschloch!

Kalle bekam die zwanzig Riesen; dann ging er, ohne sich noch einmal umzudrehen.

Jürgen sagte: „So Biggi, nun gehörst du mir, und du wirst tun, was ich verlange. Hier läuft das anders. Ich bin kein Kleinstadtlude; ich bin Geschäftsmann. Ich ordne an, und alle gehorchen, wenn nicht, dann..., na du weißt schon." Er machte eine Geste, als würde er jemandem den Hals durchschneiden. „Das ist mein Ernst; ich habe gute Leute."

Die Tür ging erneut auf, und zwei kräftige Typen kamen

herein. Jürgen stellt sie als seine Freunde vor. Ich glaube aber eher, dass sie seine Leibwächter waren. Die Ausbeulung der Jackets sprach Bände.

Jürgen brachte mich in ein Haus. Dieses Haus besteht nur aus kleinen Appartements. Die Etagen und Zimmer kann man über das Treppenhaus und die Flure erreichen. Im Haus sind fünfzig Zimmer. In jedem Zimmer wohnt und arbeitet ein Mädchen. Im Keller, durch Videokamera und Stahltür abgesichert, residiert Jürgen. Jürgen ist der Besitzer dieses Hauses. Es ist eher einem Gefängnis gleich. Es fehlen nur noch die Gitterstäbe. Ich sitze in Zimmer Nr. 37 ein. Jürgen sagt mir, wo es langgeht. Dreihundert DM muss ich täglich an ihn bezahlen. Alles andere würde ihn nicht interessieren. Präservative und Kleenex könne ich bei ihm kaufen. Welch ein Wohltäter!

Er nimmt Horrorpreise. Das kann man gar nicht aufbringen. Ich weiß nicht, warum er 20.000,-- DM für mich bezahlt hat. Vielleicht war ich in ein anderes Geschäft zwischen Kalle und Jürgen eingebunden?!

Nun also bin ich hier gelandet. Musste die vertraute Stadt verlassen. Habe noch Schulden in der „Goldenen Orchidee" und bei Sabine. Sabine habe ich nicht mehr gesehen; es ging alles so schnell.

Etwa eine Stunde nachdem ich ins Zimmer gesteckt wurde, kam einer von Jürgens Lakaien.

Er brachte mich zum Arzt, wo ich mir den Bockschein holte. Dann brachte er mich zur Sitte. Wieder dieses komische Gefühl. Fragen der Beamten, woher, warum, fotografieren. Dann habe ich wieder gelogen. Ich hätte doch die Möglichkeit gehabt, den Beamten zu sagen, dass ich raus will, raus aus diesem Scheißmilieu. Aber was ist dann?! Ich brauche doch meinen Stoff.

Ich weiß, dass es schwer würde, neben den laufenden Kosten noch Geld für „H“ zu besorgen. Nur im Milieu kommt man am besten ran.

Zum Abend fange ich an. Die Flure und das Treppenhaus sind voll mit Männern. Und was für welche! Alles, was man sich denken kann. Junge, alte, gut gekleidete, schmuddelige Deutsche, Ausländer, Farbige, es ist einfach alles vertreten, was der Markt so zu bieten hat. Aber die meisten sind „Seeleute“. Wir Frauen haben die Zimmertüren geöffnet und sitzen auf dem Bett, natürlich fast unbekleidet. Ich trage einen durchsichtigen BH und ein durchsichtiges scharfes Höschen.

Ich habe schnell gemerkt, dass das Geschäft hier viel härter ist. Darum lasse ich die Träger vom BH rutschen, damit meine Brustwarzen zu sehen sind. Ich denke an das Geld und den Stoff. Ich brauche dringend welchen.

Hier ist man ganz allein. Keine Möglichkeit mit einem der Mädchen zu reden. Die Konkurrenz ist sehr groß. Jede muss ihr Geld verdienen. Ich habe gesehen, dass auch einige Exotinnen, Negerinnen, Mulattinnen und Asiatinnen im Haus arbeiten. Die nehmen uns deutschen Frauen natürlich die Gäste weg, die Zahlungsfähigen. Der Rest bleibt bei uns hängen. Ich habe noch Glück; wie überall verdient eine Neue im Puff die erste Zeit gut. Das lässt dann aber abrupt nach.

Beim Bezahlen am Morgen danach treffe ich ein paar der Mädchen. Ich komme mit Conny ins Gespräch. Wir setzen uns in mein Zimmer und trinken noch ein paar Bier zusammen. Sie erzählt mir, dass Jürgen einer der ganz Großen in dieser Stadt sei. Jürgen hätte nicht nur dieses Haus. Er würde auch zwei Peep-Shows und zwei Stripteaseschuppen im Ort besitzen. Außerdem noch Betriebe im Westen Deutschlands.

Er soll sehr hart sein und keine Skrupel kennen. Wenn ein Mädchen nicht spure, müsse sie entsetzlich leiden. Es soll schon vorgekommen sein, dass Jürgen Kontakte nach Tunesien aufgebaut habe und die Mädchen dort in Bordellen verschwinden würden.

Ich höre mir diese abenteuerlichen Geschichten an und glaube sie auch. Mittlerweile weiß ich aus Erfahrung, dass in diesem Gewerbe wohl alles möglich ist. Wie habe ich schon einmal gesagt; es gibt nichts, was es nicht gibt.

Was für mich viel wichtiger ist, Conny hat eine Connection für mich. Sie kennt jemanden, über den ich an Stoff herankommen kann.

Am Nachmittag treffe ich mich mit dem Typen am Bahnhof. Er hat erstklassigen Stoff, aber auch teuer. Ich sage ihm, dass ich regelmäßig dieses Zeug brauche; ihm ist es recht.

Ich ziehe mir den Stoff auf einer Damentoilette rein, und schon bin ich wieder etwas beschwingt.

21. Kapitel

Lang, lang ist es her. Wie lange – Jahre, Monate, Wochen, nur Tage – ich weiß es nicht. Es ist soviel passiert. Aber das muss ich der Reihe nach berichten.

Jede Nacht harte Arbeit. In diesem Puff verirren sich selten nette Freier. Es ist wie das Arbeiten an einer Maschine. Rein, raus, abspritzen, kein persönliches Wort. Nur kaltes Geschäft. Und das geht schlecht. Es kommen selten welche, bei denen man noch nachkobern kann. Also die, die bereit sind, mal einen Blauen draufzulegen. Alles nur für den Grundpreis. Das macht die Arbeit fast unerträglich. Ich trinke noch mehr an Alkohol, als mir gut tut. Die Tage sind alle gleich. Nur dass ab und zu mal eine Prügelei auf dem Korridor stattfindet. Dann ist richtig Aktion im Bau. Hausschulden habe ich auch schon wieder. Man hat mich kräftig fertig gemacht; aber was nutzt das? Also fange ich an, in Doppelschichten zu arbeiten. Das heißt, vormittags anfangen und bis zum frühen Morgen durchhalten. Schlafen, aufstehen, anschaffen. Das hält niemand lange durch.

Nach einiger Zeit erfuhr ich, dass ich hausintern an mein „H" kommen kann. Bei Jürgen. Es ist genauso teuer wie bei dem Typen vom Bahnhof; aber ich spare mir den Weg dorthin. Durch Larissa, eine Kollegin, komme ich an Captagon. Das sind verschreibungspflichtige Aufputschmittel. Sie bumst regelmäßig mit einem Arzt, der als Bezahlung die bunten Püppchen mitbringt.

Für eine Tablette bezahle ich einen Heiermann. Zum Anfang reicht eine von den Muntermachern, um die Nacht zu überstehen. Dazu „H" und Alkohol – eine tolle Hexenmischung! Durch die Doppelschichten und ein paar Diebstähle komme ich so halbwegs über die Runden. Denke ich!

Doch dann stehen plötzlich zwei Bullen in der Tür. Sie kommen rein, fragen nach den Personalien, notieren sie. Sagen mir dann, dass ich einem Freier fünfhundert DM geklaut haben soll. Der Typ steht auf dem Korridor, lugt um die Ecke. So ein Scheißpisser. Hat abgezählt seine dreißig Mark mit gehabt und kein Geld sonst. Der reist auf „die" Tour. Ich sage das den Bullen; aber sie glauben mir nicht. Sie durchsuchen mein Zimmer. Im Nachtschrank finden sie achthundert DM. Der brüllt: „Das ist ja mein Geld!" Wie ich noch so gucke, nehmen die Polizisten fünfhundert DM weg – sie werden sichergestellt. Ich bekomme zwar ein Protokoll, dass sie mein Geld beschlagnahmt haben; dafür kann ich mir aber nichts kaufen.

Die Einnahmen des gesamten Tages sind futsch.

Und den habe ich gar nicht beklaut!

Drei Tage später die Vernehmung bei der Kripo. Ich erzähle, wie es gewesen ist. Der Beamte zuckt mit den Schultern, schreibt alles auf – aber das Geld bekomme ich nicht wieder.

Er sagt, dass es mit zur Staatsanwaltschaft geschickt wird. Ein Richter würde dann entscheiden. Scheiße, so eine Pleite. Ich gehe und denke mir: „So, nun geht es anders. Jetzt wird auch geklaut. Alles, was mir in die Hände fällt." Ich bleibe dabei vorsichtig, und so mache ich manche Mark nebenbei.

Ein paar Wochen später erhalte ich Post. Vom Staatsanwalt.

Er schreibt, dass die fünfhundert DM an den „Eigentümer" ausgehändigt werden. Außerdem wird ein Strafbefehl gegen mich erlassen. Ich muss 1500,-- DM an die Gerichtskasse bezahlen! Wenn nicht, müsste ich dreißig Tage à 50,-- DM Tagessatz in den Knast. Na, großartig! Das hat mir gerade noch gefehlt! Und alles, obwohl ich den Typen nicht beklaut habe!

Ich rufe den Staatsanwalt an und sage, dass ich nur abstottern kann. Er gestattet es auch. In der Folgezeit habe ich mich redlich bemüht und einen Hunderter nach dem anderen überwiesen.

Immerhin bin ich ja auch mehrfach nicht erwischt worden; das war dann die Pauschalstrafe.

22. Kapitel

Dann kommt plötzlich einer, bei dem mir dann doch die Knie gezittert haben. Ich habe geglaubt, schon viel erlebt zu haben, aber dies!

Er ist sehr unscheinbar, gut gekleidet, mit Aktentasche unter dem Arm. Er hat schon den Grundpreis in der Hand. Gibt mir das Geld. Wir ziehen uns aus. Als er nackt ist, will ich ihm das Gummi überziehen. Er wird nervös, fängt an zu stottern. Er meint, dass er sich das anders vorgestellt habe. Es dauert eine Zeit, bis heraus ist, was er möchte. Das ist pervers.

Der will was ganz Besonderes! Er sagt, er sei Arzt, Chirurgie. Er habe schon viele Operationen durchgeführt. Dabei sei irgendwann seine sexuelle Neigung entstanden. Er will, dass ich ihm zärtlich seine Eichel streichele. Dann aber - und zwar mit einem Ruck – mit einem Skalpell, das er mitgebracht hat – seine Hodennaht aufreiße.

Also nehme ich das Skalpell, streichele seinen Schwanz, die Eichel. Der Schwanz steht wie eine Eins. Dann zipp –, und der Schnitt sitzt richtig; die Hodennaht ist zerschnitten. Im selben Moment kommt es ihm. Der Samen spritzt, vermischt mit seinem Blut, durch die Gegend. Das Blut ergießt sich auf den Boden. Er aber nimmt ganz ruhig seine Tasche, befördert Tupfer und Klammern hervor – er verarztet sich selbst.

Da zieht er sich an und ist wieder ganz der Biedermann von

nebenan. Bezahlt hatte er im voraus. Ich bleibe zurück. Saustück. Starre an die Wand. Dann überkommt es mich, ich kotze alles aus, den Ekel, die Wut, alles.

Ich lasse alles stehen und liegen, greife mein Geld, meine Tasche, besorge mir „H“. Dann verlasse ich das Haus. Nur raus hier, ganz schnell.

Am Bahnhof kaufe ich eine Fahrkarte in die nächste Stadt. Erst im Zug werde ich etwas ruhiger. In einem kleinen Nest steige ich aus, quartiere mich im Dorfgasthaus ein. Ich gehe gleich ins Bett und schlafe.

Auch die nächsten Tage schlafe ich viel, gehe spazieren und genieße das Nichtstun. Nach einigen Tagen werde ich innerlich ruhiger. Nur mein Stoff geht langsam dem Ende entgegen, und in diesem Kaff gibt es nichts zu besorgen.

Also fahre ich zurück in die Stadt. Diese paar Tage habe ich dringend nötig gehabt nach meinem Chirurgenerlebnis. Ich komme zurück ins Haus. Jürgen sieht mich und schreit gleich los. Ich soll mit in sein Büro kommen. Hier schlägt er wie ein Wahnsinniger auf mich ein. Er schreit, und ich schreie, grauenhaft. Was mir wohl einfiele, einfach wegzufahren, und dieser Saustall. Ich müsse natürlich für die Putzfrau zahlen. Und für die letzten Tage die Miete. Natürlich! Na dann prost Mahlzeit! Wieder einmal rein ins Vergnügen. Der alte Trott hat mich wieder. Und ich habe die Schulden wieder. Und jetzt fängt der Sumpf erst an – oder geht es noch tiefer?

23. Kapitel

Wieder einige Wochen später. Ich habe schon wieder abgenommen. Wie lange ich das wohl in dem Stil durchhalte? Aber der Mensch ist ja zäh.

Ich bin stark übermüdet; es war eine schwere Nacht. Ich komme zum Arzt. Brauche meinen Bockschein. Ich sitze auf dem „Ohrenstuhl“, die Beine hochgeschlagen. Der Arzt steht dazwischen, sieht sich aufmerksam meine Möse an und sagt: „Das gefällt mir aber gar nicht!“ Nach der Untersuchung sagt er kühl und sachlich, dass die nächste Woche nichts mit Arbeiten ist. Er gibt mir eine Spritze; morgen soll ich noch eine bekommen, und in einer Woche wäre alles vorbei. Was ist vorbei? Er meint: „Dein Tripper, Mädchen.“ Oh Hilfe, auch das noch. Ich und Tripper. War wohl nicht vorsichtig genug. Und nun?

Bei meinen Schulden. So komme ich bestimmt nicht wieder aus diesem Dreck heraus.

Eine Stunde später ist die Sitte bei uns zu Gast. Sie weisen mich höflich, aber bestimmt darauf hin, dass sie mich einsperren müssten, falls ich vorhabe zu arbeiten. Wie soll es weitergehen? Ich gehe zu Jürgen. Der schreit wie immer gleich los. Er meint, dass, seitdem ich hier sei, nur noch Bullen im Haus seien. Nach einer Schimpfkanonade, nur vom Feinsten, scheint er eine Idee zu haben.

Er spricht jetzt ganz normal mit mir: „Nun, da du ausfällst, wüsste ich, wie du dir ein paar Mark verdienen kannst. Du machst eine kleine Reise als Touristin. Fährst nach Amsterdam und kommst am nächsten Tag wieder zurück. Ganz einfach. Mit dem Zug.

Natürlich ganz einfach, ich weiß schon, was dieser miese Kerl von mir will; ich soll Stoff holen.

Na gut, ich brauche das auch. Also bin ich einverstanden, muss es einfach. Seine Zulieferer müssen großes Vertrauen zu Jürgen haben. Er gibt mir kein Geld für den Stoff mit. Nur eine Rückfahrkarte für den nächsten Morgen.

„In Amsterdam triffst du dich heute Abend um 23.00 Uhr mit Toni." Er beschreibt mir Toni und nennt den Treffpunkt in einer Disco und wie ich dort hinkomme. Ich soll noch mit dem letzten Nachtzug zurückkehren. Dafür würde er mir diese Woche die Miete erlassen.

Ja, und wer zahlt mir meinen Stoff?

„Und wehe dir, du kommst ohne Stoff aus Holland zurück, oder es fehlt ein Krümelchen. Meine Freunde wiegen genau, und wir vertrauen uns. Du kannst dein Grab schaufeln, wenn etwas passiert. Wir finden dich. Überall!"

Das war ein Wort; ich kannte ihn gut genug, um zu glauben, dass er zu allem fähig ist.

So steige ich in den Zug um 10.30 Uhr nach Amsterdam. Die Zeit vergeht nicht. Ich unterhalte mich mit einem älteren Ehepaar. Kurz vor der Grenze setze ich mir die Fixe in der Toilette. Ich habe natürlich keinen Stoff weiter dabei. Die Spritze werfe ich einfach aus dem Fenster. Das muss reichen.

Bei der Einreise gibt es keine Probleme. Um 20.00 Uhr bin ich endlich da. Der Treffpunkt ist in Bahnhofsnähe, und ich kann zu Fuß hingehen. Hier wimmelt es nur so von Junkies. Ich frage den Keeper nach Toni. Der ist schon informiert und führt mich in den Keller. Hier, in einem nobel eingerichteten Raum sitzt Toni hinter seinem Schreibtisch. Er thront förmlich dahinter. Welch ein Pomp! Hier steckt Geld; das sieht man.

Da kommt Jürgen nicht mit. Toni lässt sich meinen Ausweis zeigen. Ich sage ihm das, was mir Jürgen als Erkennungsspruch mit auf den Weg gegeben hat. Eine Zeile aus Schillers Glocke.

Toni ist zufrieden. Er bietet mir einen Whisky an, den ich dankend entgegennehme. Wir stoßen an und trinken.

Er kommt um den Schreibtisch herum, sagt, dass ich hübsch sei und dass er Jürgen schon gefragt habe, ob er mal eine Deutsche vögeln dürfe. Jürgen habe ihm gestattet, mit mir zu bumsen! Er greift mir auch gleich zwischen die Schenkel und an den Busen. Was soll's. Ich mache das sonst jeden Tag. Ist ja egal. Außerdem scheint der Typ nicht zu wissen, dass ich einen Tripper habe. Soll er ihn sich doch auch holen. Die Pest auf ihn. Er zieht mich auf den Schreibtisch, und der Tripperfick geht los. Bei dem Gedanken, dass er sich die Gonokokken einfängt, muss ich innerlich lachen. Toni bemerkt mein Lächeln und wertet das als Kompliment für seine Leistung. Es spornt ihn an. Scheißkerl!

Ich denke daran, es mal mit einer Frau zu versuchen; Männer kann man doch alle vergessen.

Nachher trinken wir noch etwas; dann gibt Toni mir den Stoff. Mit den besten Grüßen für Jürgen.

Der Stoff ist in einem Wildlederbeutel verpackt, den ich an meinem Körper befestigen kann, direkt auf der Haut. Er trägt nicht auf, juckt und kratzt nicht. Außerdem bin ich ja

Touristin. Toni verabschiedet sich höflich von mir. Ich auch von ihm. Dabei denke ich, dass er mich wohl lange nicht vergessen wird, der Gute.

24. Kapitel

Auf dem Bahnhof muss ich mir noch eine gute Stunde bis zur Abfahrt des Zuges die Zeit vertreiben. Ich sitze im Wartesaal auf einer Bank und denke nach. Wenn ich das Zeug jetzt nehme und mich absetze. Das ist mindestens ein Pfund Heroin. Das portioniert, gestreckt und verkauft. Davon könnte man schon eine Weile gut leben. Aber Jürgen! Der hat viele Freunde, und die würden mich bestimmt finden. Also ausgeträumt!

Der Zug läuft ein. Auf der Heimreise sitze ich allein im Abteil. Ich versuche zu schlafen. Es gelingt mir nicht. Ich werde immer nervöser, desto näher wir der Grenze kommen. Kurz vor Hengelo gehe ich zur Toilette, mache mich frisch, lege Make up neu auf, prüfe den Sitz des Gürtels.

Alles o.k.. Zurück in das Abteil. Die holländischen Grenzer öffnen nicht einmal die Tür. Ich stelle mich schlafend.

Dann klopft doch noch jemand an der Tür. Ein deutscher Grenzer! Nur ruhig bleiben. Er fragt nach meinem Ausweis. Ich stelle mich müde, bin aber hellwach. Ich suche meinen Ausweis in der Handtasche, finde ihn und gebe ihn dem Beamten. Er sieht hinein, sieht mich an, gibt mir den Ausweis zurück, murmelt so etwas wie „Gute Reise“ und verschwindet wieder durch die Tür.

Ich will aufatmen; aber mir fällt auf, dass der Zug ja noch

steht. Es dauert noch zehn Minuten. Dann bewegt sich der Waggon und der Zug setzt seine Fahrt fort. Erst jetzt atme ich durch. Nach einigen Minuten bin ich eingeschlafen.

In der Stadt angekommen fahre ich mit einem Taxi nach Hause. Jürgen ist im Büro, erwartet mich schon. Ich gebe ihm den Stoff. Er dankt nicht einmal. Für ihn ist das Geschäft – und Geschäfte müssen klappen.

Er sagt noch, dass ich mir die Tage bis zum Arbeitsantritt nicht so lang werden lassen soll. Dann gehe ich auf mein Zimmer und schlafe mich erst einmal aus.

Das war eine sehr anstrengende, kurze Geschäftsreise. Auch ein Trippergeschäft ohne Gummi war dabei, denke ich noch; dann schlafe ich ein.

25. Kapitel

Am Abend wache ich auf. Ich denke mir, dass es gut sein würde, die laue Abendluft zu genießen und ein Spaziergang mir nicht schaden würde.

Am Hauseingang treffe ich eine Kollegin. Die Uschi. Uschi ist in meinem Alter, zierlich mit kurzen dunklen Haaren. Sie ist nicht so voll entwickelt wie ich. So ein richtiger Jeans-Typ.

Es stellt sich heraus, dass sie am Tag recht gut verdient hat und ein paar Stunden ausspannen will. Wir entschließen uns, gemeinsam zu gehen. Wir steuern ein Café an. Wir reden über uns, das Leben im allgemeinen und so weiter. Wir stellen viele Gemeinsamkeiten fest. Nur Uschi ist clean; sie braucht keinen Stoff.

Sie sagt, dass sie nur noch ein Jahr anschaffen will. Wenn nichts dazwischen kommt, will sie eine Boutique eröffnen und damit dann das große Geld verdienen. Sie ist ganz besessen von dieser Idee. Sie bringt jede Mark, die sie übrig hat, auf ein Sparbuch. Meist ist das nicht viel; aber sie hat sich in diese Idee verrannt. Sie meint: „Kleinvieh bringt auch Geld."

Soll sie doch nur so denken. Sie hat wenigstens ein Ziel. Was habe ich denn? Schon lange habe ich über meine Zukunft und wie diese aussehen soll, nicht mehr nachgedacht. Wozu auch.

Vom Stoff komme ich nicht runter. Irgendwann werde ich

an diesem Teufelskram kaputtgehen. Vielleicht setze ich mir auch den goldenen Schuss, wenn ich absolut nicht mehr weiter weiß.

Uschi ist sehr nett und mir auch sympathisch. So vergessen wir die Zeit, reden und reden. Zurück im Haus fragt sie, ob ich noch mit in ihr Zimmer komme. Die Einladung nehme ich gerne an. Wir trinken noch etwas. Sie sitzt neben mir auf dem Bett. Plötzlich fängt sie an, meinen Nacken zu streicheln. Ich genieße dieses Gefühl. Wie sehr sehne ich mich doch nach Wärme und Zärtlichkeit. Mir fällt sofort mein kleines Abenteuer mit Claudia ein, als ihre Eltern nicht zu Hause waren. Wohlig fühle ich die Finger von Uschi auf meinem Körper. Sie hat mich langsam ausgezogen. Dann streichelt sie meine Brustwarzen – was für ein Gefühl – meinen Bauch. Ich für meinen Teil revanchiere mich. Wir liegen uns nackt in den Armen, küssen uns leidenschaftlich. Welch ein Genuss. Kaum ein Mann kann so zärtlich sein.

Wir hören auf. Leider. Das ist schade. Aber der Tripper ist noch nicht ganz ausgeheilt. Also müssen wir vorsichtig sein. Ich verabschiede mich schnell und gehe auf mein Zimmer. Beim Einschlafen bin ich richtig glückselig, weil ich nun endlich eine Freundin habe, mit der ich alles teilen kann.

Mit Uschi verbringe ich in den nächsten Wochen jede freie Minute. Wir schlafen zusammen, wann immer es möglich ist.

Meinen Tripper habe ich überwunden und muss nun mit aller Kraft wieder anschaffen.

Geld regiert die Welt – und den Stoff.

26. Kapitel

Der „Hodenreißer" war wieder da. Es gab gutes Geld. Es hat mir nicht mehr so viel ausgemacht; es ist eben alles eine Frage der Gewohnheit. Wenn er es so will, soll er es haben. Ich habe mich nur gewundert, dass die Naht so gut verheilt ist. Nun gut, er war sehr zufrieden. Das allein zählt und bringt die Kohle.

Ich habe mich mit Uschi darüber unterhalten. Wir haben uns beraten, dann mit dem verdienten Geld alles gekauft, was für eine „Domina" erforderlich ist. Ich meine, wir haben einen guten Griff getan. Die Perversen wollen geprügelt werden; also muss die Peitsche her. Und die zahlen erfahrungsgemäß gut. Wir kauften hohe Stiefel, Lederhöschen, Gesichtsmasken, BH, Hundehalsband, Stachelhalsband, eine siebenschwänzige Peitsche und einiges mehr. Das Geld war bald verbraucht. Nun mussten wir noch Werbung für uns machen. Wir erzählten den Freiern von unserem Angebot. So etwas spricht sich schnell herum.

Schon kommen die Kunden mit ihren Sonderwünschen. Auf Voranmeldung entweder zu Uschi oder zu mir. Wir arbeiten ab und zu auch gemeinsam, ganz nach Wunsch. Wir lassen sie springen, diese Spinner, die ausgewichsten. Sie lassen sich schlagen, demütigen, anpinkeln, küssen uns die Stiefelsohlen. Rennen wie Hunde im Zimmer umher. Also

Spaß macht mir das gerade nicht; aber so verdiene ich Geld für den Stoff und Uschi für ihre Schnapsidee mit der Boutique.

Der „Hodenreißer“ kommt fast regelmäßig alle vier bis fünf Wochen. Sein Hoden ist schon richtig vernarbt. Wie lange der das wohl aushält? Irgendwann wird ihm das nicht mehr ausreichend sein, und was kommt dann wohl? Vielleicht bringt er sich bald aus sexueller Befriedigungssucht um, damit er kurz vor dem Tod einen letzten Superorgasmus hat?

Neuerdings habe ich einen Gast, der es liebt, wenn ich Schwesterntracht trage. Diese Tracht brachte er mit. Ich musste sie anziehen, natürlich ohne Höschen. Dazu gab er mir noch ein Klistier. Ich musste ihm einen Einlauf in den Enddarm verpassen; dabei befriedigte er sich selbst und schrie wie ein kleines Kind dabei. Er war zufrieden, und ich durfte die Tracht behalten. Er kommt nun auch regelmäßig. Beim ersten Mal, als er wie ein Kind schrie, kam einer von Jürgens Leuten ins Zimmer gestürzt, da er angenommen hatte, es sei etwas passiert. Der hat vielleicht dämlich geguckt, dann aber lauthals gelacht. Der hat sich halb totgelacht, noch im Treppenhaus war sein Lachen zu hören. Inzwischen haben sich alle an den Gast und die damit verbundene Geräuschkulisse gewöhnt.

Bei diesen Freiern ist die Möglichkeit des Klauens öfter gegeben. Man muss sich die Gäste nur genau ansehen. Ist es ein Stammkunde, lässt man besser die Finger von diesem „zusätzlichen Geld“. Nur wenn ich der Meinung bin, dass der Gast nur einmal kommt, kann ich es riskieren, Geld an mich zu bringen. Uschi und ich sind ein gut eingespieltes Team. Kommt einer, der eine Doppelpartie mit Schlägen wünscht, behandelt eine den Perversen, und die andere beklaut den

Kumpel. Wenn der Mann raus ist, wird das Geld außerhalb des Zimmers versteckt, für den Fall dass die Schmiere hier wieder einmal einfliegt.

In dieser Phase, die auch finanziell ganz gut läuft, habe ich ein einschneidendes Erlebnis. Ich sitze wie immer auf dem Bett, natürlich in Arbeitskleidung und habe die Tür geöffnet, um den Freiern Einblick zu geben. Wie ich da nun sitze und mein Arbeitslächeln ausstrahle, kommt ein Mann vor die Tür. Ich erkenne ihn sofort. Ich drehe mich weg; aber es ist schon zu spät. Der Mann sieht mich – erkennt mich. Er ist total verdattert, kommt aber hereinspaziert.

Mir ist das sehr unangenehm. Ihm aber auch. Er stellt sich vor mich hin und fragt: „Biggi, bist du es wirklich? Du hast dich aber verändert. Ich habe dich fast gar nicht wiedererkannt."

Ich sehe auf, und ich weiß auch nicht warum; aber ich fange hemmungslos an zu heulen. Es ist unser Nachbar von zu Hause. Der gute Onkel Ernst, so habe ich ihn früher genannt. Bei ihm habe ich als Kind oft auf dem Schoß gesessen und hoppe, hoppe Reiter gespielt. Er war immer sehr nett zu mir. Und jetzt! Er setzt sich zu mir, sagt erst einmal gar nichts. In diesen Minuten denke ich an zu Hause. Ich frage ihn nach meinen Eltern, meinem Bruder. Er gibt bereitwillig Auskunft. Es geht allen gut. Mein Vater ist befördert worden, und meine Mutter soll blendend aussehen. Ich selbst würde in der Familie als nicht existent verschwiegen. Es würde auch sonst im Ort niemand wissen, wo ich abgeblieben bin und was ich mache.

Onkel Ernst zeigt sich sehr mitfühlend. Er erzählt mir, dass er geschäftlich in der Stadt zu tun habe und aus Neugier in dieses Haus hier gekommen sei. Er fragt mich nicht, warum ich hier bin. Ist sehr diskret. Wir unterhalten uns noch etwas über vergangene Zeiten; dann verabschiedet er sich und geht wieder. Ich bitte ihn noch, meine Eltern von mir zu grüßen. Ich sage, dass ich mich über ein Lebenszeichen von ihnen sehr freuen würde, wenn sie Verständnis für mein jetziges Leben aufbringen. Im Grunde glaube ich selbst nicht daran, dass sie sich tatsächlich melden.

Für den restlichen Tag bin ich erledigt. Ich habe noch ein paar Freier, bin aber bald nicht mehr in der Lage zu arbeiten, weil ich immer und immer wieder einen Schnaps trinken muss! ....um zu vergessen! Die Erinnerung an mein Zuhause war doch überwältigend! Um 19.00 Uhr mache ich Schluss. Ich verlasse das Haus, muss unter Menschen.

Uschi kann nicht mit; sie hat gleich einen Stammfreier. So laufe ich ziellos durch die Straßen. Irgendwann komme ich in eine Kneipe. Ich sitze an der Theke und trinke und trinke. Um 02.00 Uhr setzt mich der Wirt raus auf die Straße. Er will endlich Feierabend haben. Draußen merke ich erst, wie betrunken ich bin. Schwankend habe ich Mühe, mich auf den Beinen zu halten. Wo muss ich denn hin, welche Richtung. Ich weiß es nicht mehr. Um mich herum dreht sich alles. Ich stürze und schlafe sofort ein. Dann werde ich wach, da mich jemand kräftig schüttelt. Zwei Bullen stehen über mir. Sie reden auf mich ein. Ich verstehe nichts. Versuche zu reden, es misslingt wegen totaler Artikulationsschwierigkeiten. Die Beamten lassen mich liegen. Dann kommt ein weiterer Streifenwagen. Einer mit Käfig, da werde ich dann hineingeschoben. Sie fahren mich weg – zur Polizei.

Sie ziehen und tragen mich in den Zellentrakt. Hier werde ich in eine Zelle gesperrt. Liege sehr hart, aber schlafe sofort wieder ein. Stunden später wache ich auf. Bin in einer Zelle ohne Fenster. Es ist nicht einmal ein Bett aufgestellt. Nur eine gemauerte Stufe, die zwei Meter lang und etwa achtzig Zentimeter breit ist. Auf dieser Stufe liege ich. Die Zelle, ca. 2 mal 2 Meter ist hell erleuchtet. Eine Stahltür mit einem Türspion versperrt den Weg in die Freiheit. Ich will raus hier. Gehe zur Tür, klopfe wie wild. Ein Mann öffnet. Er fragt: „Na, ausgeschlafen? Nach sechs Stunden müsste man eigentlich wieder durch sein."

Ich frage, wo ich bin. Mir wird erklärt, dass ich in der Ausnüchterungszelle der Polizei genächtigt habe. Plötzlich fällt mir alles wieder ein. Der Nachbar, die Eltern. Ich fange an zu zittern. Mir fehlt mein „H". Ich muss sehen, dass ich schnellstens hier wieder raus komme. So werde ich nach meinen Personalien gefragt. Dann bekomme ich mein Eigentum, das mir abgenommen wurde, zurück. Gott sei Dank hatte ich keinen Stoff dabei. Ich nehme alles und stecke es ein. Ich muss ein Formular unterzeichnen und achtzig DM für die „Übernachtung" bezahlen. Dann kann ich gehen.

Im Haus erzähle ich Uschi mein kleines Abenteuer.

Sie lacht lauthals, nimmt mich dann aber in die Arme und tröstet mich.

Nach der nächsten Fixe geht es mir wieder gut, und ich fange an zu arbeiten.

27. Kapitel

Einige Wochen vor Weihnachten höre ich, dass sich in der dritten Etage unserer Luststätte ein Unglück ereignet hat. Eine Kollegin, die Alexandra, ist tot im Bett liegend aufgefunden worden. Alexis war Fixerin, genau wie ich. Sie muss sich eine Überdosis gespritzt haben. Es wimmelt nur so von Bullen im Haus. Ich halte es für besser, meinen restlichen Stoff aus dem Haus zu bringen. So gehe ich zum Bahnhof, miete mir ein Schließfach für zwei Tage und packe den Stoff und das Zubehör in das Stahlfach.

Es ist genau richtig gewesen. Ich komme gerade zurück; da erfahre ich, dass das Haus von der Polizei auf den Kopf gestellt wird. Sie suchen, durch den Tod von Alexis animiert, nach Stoff. Sie finden natürlich nichts bei mir. Danach fragen die Beamten uns aus. Ob wir Alexandra kennen, wie lange schon, seit wann sie süchtig sei, woher sie den Stoff bezogen hat, ob ihr jemand die Spritze gesetzt hätte, mit wem sie zusammen war, und so weiter.

Ich antworte nur knapp, sage nein, weiß ich nicht. Ich kann doch nicht sagen, dass Jürgen hier alles und jeden beherrscht. Mir tut Alexandra leid. Sie hat sich bestimmt selbst den goldenen Schuss gesetzt. Goldener Schuss – welche Scheiße. Ich denke an ein Gespräch mit ihr. Sie erzählte mir, dass sie eine gelähmte Schwester in Süddeutschland hat. Für diese

Schwester würde sie anschaffen. Ihr würde sie alles Geld schicken, das sie abgeben kann, damit sie in ärztlicher Behandlung bleiben kann und es ihr auch sonst einigermaßen gut ginge. Wer übernimmt das nun? Was wird aus ihren drei Kindern, einem dreijährigen Jungen, zwei fünf- und sechsjährigen Mädchen? Die Kinder leben auch in Süddeutschland in einem Heim. Sie hatten zwar nicht viel von ihrer Mutter; aber immerhin hat sie ihr Bestes versucht.

Wieder ein Grund mehr zu saufen! Für diesen Tag kann man die Geschäfte vergessen. Welcher Freier kommt schon in den Puff, wenn es nur so von Bullen wimmelt. Auch Jürgen ist etwas nervös geworden. Er hat es wohl auch gerade noch geschafft, seinen Stoff irgendwo zu bunkern. Er läuft aufgeregt hin und her. Ist ja klar, dass eine tote Nutte nicht gerade die beste Reklame für sein Etablissement ist.

Einige Tage später erlebe ich, dass Jürgen auch ganz anders denken kann, dass ihm die Unruhe im Haus auch gelegen kam – als Demonstration für die Frauen. Als Zeichen, dass sie, Jürgen und die anderen Zuhälter, alle Macht über uns Frauen haben.

Ich bekam Besuch. Ede war da. Sabine brachte er auch gleich mit. Ich habe mich richtig gefreut, als sie plötzlich in der Zimmertür standen. Wir unterhielten uns, und ich erfuhr, dass der liebe Kalle Pech gehabt hat. Sein neues Mädchen, das er nach alter Manier zur Prostitution abgerichtet hat, ist quergeschlagen.

Kalle hat es wohl bei ihr etwas zu weit getrieben. Sie ließ sich wohl nicht so leicht einschüchtern wie ich. Außerdem muss sie andere Freunde gehabt haben. Ich hatte ja keine!

Jedenfalls erfuhr ich, dass er dieses Mädchen auch mit „H“

vollpumpen wollte. Sie ist aber nach der ersten Spritze gleich zu Freunden gelaufen, die dann direkt mit ihr zur Polizei gegangen sind.

Kalle kam in U-Haft, und alles Reden nutzte nichts. Ergebnis fünf Jahre Knast. Aber ich gönne es ihm – von ganzem Herzen. Dieses Schwein hat es nicht anders verdient.

Nach dieser Information aber ändert sich das Verhalten von Ede und Sabine schlagartig. Sie sagen, dass sie dringend Geld benötigen, Geld, das ich ihnen schulden würde.

Sabine für den Stoff.

Ede in Vertretung für den Zimmervermieter der anderen Stadt.

Ich sage, dass ich ihnen nichts geben könne, weil ich selbst nichts habe. Sie sind in dem Glauben hergekommen abkassieren zu können. Merken dann aber, dass nichts läuft.

Ihre Laune verdüstert sich dann schlagartig. Auch Sabine wird laut. Sie schrie mich an: „Das habe ich nicht von dir erwartet; du bist ein Kameradenschwein!"

Beide stürzen sich auf mich. Sabine reißt mir meinen Kopf an den Haaren zurück. Ede schlägt mir mehrfach in das Gesicht. Dann tritt er zu. Ich bin fast einer Ohnmacht nahe. Dann betritt Uschi das Zimmer; der Lärm hatte sie wohl angelockt.

Sie sieht mich auf dem Boden liegen. Auch sie bekommt noch einiges ab. Andere Frauen und Freier stehen an der Tür und glotzen rein. Keiner rührt sich; niemand hilft uns. Noch ein paar Tritte und dann: „In einer Woche ist das Geld da; ist das klar; sonst setzt es wieder was, dann mit einer kleinen Steigerung." Dann Schritte, weg sind sie.

Uschi hilft mir auf. Sie knallt die Tür zu, damit die Gaffer nichts mehr sehen können. Draußen tönt Jürgen: „Sehr Euch das genau an; so oder ähnlich passiert es jeder, die Schulden macht und sie nicht bezahlt!"

Aha, eine Demo, die mit Jürgen abgesprochen ist, ganz in seinem Sinne.

Ich schaue in den Spiegel und erkenne mich kaum wieder. Die Augen sind zugeschwollen. Eine Platzwunde habe ich auf der Stirn. Meine Nase blutet. Ein Büschel Haare liegt lose auf meinem Kopf. Mein Trikot, meine teure Arbeitskleidung, ist total blutverschmiert. Uschi geht es etwas besser. Sie hilft, meine Wunden zu versorgen.

Von Sabine bin ich restlos enttäuscht. Sogar meine Freundin gebärdet sich wie eine Irre. Dem Ede habe ich das ja zugetraut, aber Sabine nicht. So hartherzig – und ihr habe ich mich anvertraut. Jede ist nur auf sich selbst bedacht. Eine feine Kollegialität ist das! Aber irgendwie doch verständlich. Jede von uns hat Tag für Tag ihre eigenen Probleme, das nötige Geld heranzuschaffen. Bei mir ist es ja genauso.

Der Reiz unserer Domina-Geschäfte ist auch schon wieder vorbei, lässt nach.

Gut, dass ich Uschi habe.

28. Kapitel

Adventsstimmung kommt nicht auf in diesem entzückenden Haus. Obwohl Uschi und ich einen Adventskranz gesteckt haben. Heute leuchtet schon die vierte Kerze. Es ist bald Heilig Abend. Die meisten der Männer machen in Familie. Kaum einer rennt durch das Treppenhaus. Aber weihnachtliche Stimmung will auch nicht gelingen. Der Nachmittag verlief ruhig.

Uschi habe ich zu mir aufs Zimmer eingeladen. Habe chinesisches Essen mit dem Taxi kommen lassen für uns. Beim Essen erzählt sie, dass sie kurz zuvor noch einen Gast hatte, den sie wie immer verprügeln musste. Sie tat es, und da sie so in Wut war, hat sie kräftiger als sonst zugeschlagen. Dem Kerl hätten die Hautfetzen nur so heruntergehangen. Er habe geschimpft und geschrien. Diese Behandlung war zu arg; das hat ihm dann doch missfallen. Ist doch komisch, dass perverse Masochisten, die geschlagen werden wollen, doch so sensibel reagieren, wenn man tatsächlich richtig zulangt.

Nach dem Essen haben wir das Radio angemacht und der weihnachtlichen Musik gelauscht. Wir sind so in Gedanken versunken, dass wir nicht mitbekommen, dass jemand an die Türe klopft.

Die Kerzen brennen und verbreiten einen wunderbaren Wachsgeruch.

Ein Mann kommt zur Tür herein. Er entschuldigt sich für seine Störung, fragt aber dann, ob ich frei bin. Er wolle mit mir bumsen. Eigentlich bin ich etwas wütend, sage dann aber doch: „Entweder bumst du uns beide, oder du kannst dich verpissen. Wenn du bleibst, kostet das zweihundert Eier, bar auf die Kralle, sofort." Er blieb. Er ist der unterdrückte Typ, vermutlich ein kleiner Angestellter, der zu Hause und auch sonst nicht viel zu sagen hat. Seine Schultern hat er hochgezogen, so dass sein Kopf zwischen den Schultern verschwindet. Wirkt ängstlich der Kerl. Ein richtiges Opfer. Jemand, der andere dazu reizt, ihn zu demütigen.

Er bezahlt im voraus – wie üblich. Dabei sehe ich, dass in seinem Portemonnaie ein dickes Bündel Geld steckt. Ich gebe Uschi ein Zeichen. Sie versteht sofort. Wir kümmern uns sehr um diesen Menschen. Sehr intensiv. Immerhin scheint er ja Geld zu haben. Woher, das ist uns egal.

Uschi lässt sich von ihm lecken; so kann er nichts sehen. Ich stehe vorsichtig auf, nehme das Geld aus der Börse und stecke sie in die Hose zurück. Das Geld stecke ich unter die Matratze. Dann kümmere ich mich wieder um ihn. Er hat nichts mitbekommen; zu diesem Zeitpunkt war er dank Uschis Behandlung geistig weggetreten.

Als er abgespritzt hat und sich anzieht, erzählt er uns, dass er gerade einen Zwölftausendmark-Kredit von einer Bank bekommen habe und anschließend gleich nach Hause will. Das Geld ist für eine neue Küche bestimmt – sagt er. Damit muss er nun wohl etwas warten, da wir das Geld haben. Es sind nur 11.800,-- DM. Ach ja, zweihundert hat er uns bezahlt.

Jede von uns die Hälfte – sechstausend – Eier, welch ein Weihnachtsgeschenk....

Uschi und ich arbeiten nicht mehr in dieser Nacht. Wozu auch. Wir freuen uns und machen es uns gemütlich. Wir lieben uns zärtlich. Uns ist klar, dass wir ein paar Tage nicht mehr arbeiten können. Der Typ geht mit Sicherheit zur Schmiere. So melden wir uns bei Jürgen ab, bezahlen die Miete und verschwinden erst einmal.

Wir ziehen um in das beste Hotel der Stadt. Einhundertundachtzig DM für das Zimmer inkl. Frühstück. Immer noch billiger als bei uns im Haus. Ich stecke das Schuldgeld für Sabine und den Vermieter von damals in einen Umschlag. Auf einem Stückchen Toilettenpapier schreibe ich: „Auf nimmer Wiedersehen Ihr Scheißwichser!" Ich klebe den Umschlag zu und gebe ihn an der Rezeption in die Post.

Die drei Tage Nobelklause sind wunderbar. Nur faulenzen, schlemmen, trinken, fixen, lieben, einfach herrlich. So kann das Leben schön sein. Ab und zu kneifen wir uns, um zu sehen, ob wir nicht nur träumen.

Am zweiten Abend gehen wir in das Spielkasino der Stadt. Eine himmlische Atmosphäre. Ich tausche gleich eintausend DM ein, setze 100,-- DM auf rot. Prompt gewinne ich einhundert dazu. Ich lasse den Betrag stehen. Nun habe ich wieder zweihundert Eier gewonnen. Ich nehme alles vom Roulettetisch und bestelle für 200,-- DM eine Flasche Champagner. Uschi und ich sehen uns um und beobachten, was so um uns herum geschieht. Wir nippen an unseren Gläsern. Das ist was, nicht auf den Pfennig sehen müssen, edles Blubberwasser trinken. Immer so leben.

Danach spielen wir wieder, setzen nun wahllos auf Zahlen. Gewinnen, verlieren dann wieder. So geht das einige Zeit. Das macht mächtig Spaß. Plötzlich sind meine gewechselten

Eintausend weg. Uschis auch.

Wir sind wie in einem Rausch. Zücken einen neuen Braunen, weiter geht das Spiel. Gewinnen, verlieren, Geld weg – neuer Tausendmarkschein. Und wieder verloren.

Zwei Stunden später habe ich alles Geld, das ich bei mir hatte verloren, verspielt! Nichts mehr da. Uschi auch. Wir sind dem Spielrausch erlegen. Da wir das restliche Geld im Hotel gelassen hatten, müssen wir aufhören. Also zurück ins Hotel. Wir schlafen tief und fest aneinander gekuschelt, zufrieden ein. All das Geld ist weg. Gut, dass wir noch eine Rücklage im Hotel gelassen hatten!

Nach dem Aufstehen und dem Frühstück kratzen wir das restliche Geld zusammen, um zu zahlen; es reicht gerade noch so. Da haben wir locker in drei Tagen zwölftausend auf den Kopf gehauen. Egal. Schön war das mal!

29. Kapitel

Zurück in das Haus. Nun ist Heilig Abend. Wegen der Weihnachtstage besteht wohl nicht die Gefahr, dass die Polizei hier auftaucht. Danach wird dann wohl Gras über die Sache gewachsen sein. Uschi und ich besorgen uns noch schnell einen Tannenbaum und den dazugehörigen Schmuck. Den Baum platzieren wir in Uschis Zimmer. Kundschaft ist heute sowieso kaum.

Als die Kolleginnen sehen, dass wir einen Tannenbaum ins Haus schleppen, lachen sie uns aus. Warum? Er ist doch schön, und was ist dabei, wenn man es sich gemütlich machen will. Draußen auf den Straßen lässt der Verkehr am Nachmittag schlagartig nach. Im Haus auch. Nur ein paar Junggesellen, meist schon angetrunken, laufen durch die Flure. Alles ist ziemlich trostlos. Die wissen wohl auch nicht wohin.

Zum Abend gehe ich zu Uschi. Der Baum ist schon geschmückt. Ich bringe drei Flaschen Sekt mit. Sie hat auch noch einiges an Getränken. Wir sitzen und unterhalten uns, sprechen über unsere Kindheit. Plötzlich klopft es an der Tür. Ich denke mir, jetzt wird doch wohl kein Freier kommen. Nein, eine Kollegin ist es. Sie blickt verschämt herein und fragt, ob sie sich zu uns setzen kann. Natürlich kann sie. Wir stecken gemeinsam die Kerzen an, blicken in die Flammen.

Jeder hängt seinen Gedanken nach. Nach und nach kommen noch sechs weitere Kolleginnen hinzu. Alle, die vorher über uns gelacht haben, als wir mit dem Bäumchen kamen, sich so gaben, als würden sie so hart sein, so dass Weihnachten ihnen nichts anhaben könnte. Und nun sitzen sie hier bei uns, sehen in die Kerzen, träumen vom besseren Leben und besseren Zeiten. Denken an ihre Kindheit und ihre Familien, vergangenes Glück und verpasste Gelegenheiten.

Fast alle fangen an zu heulen. Es ist schon komisch, mit welcher Sentimentalität die Menschen ausgestattet sind – eben noch hart wie Kruppstahl – dann wieder weich und verletzbar.

Plötzlich fühlt sich jeder noch einsamer als sonst, und die ganze Lebensscheiße kommt zum Ausbruch. Weihnachten! Alle sind kaum ansprechbar. Mir geht es genauso. Aber ich bin der Meinung, wir sollten kein Trübsal blasen, genug davon, jetzt wird gefeiert. Ich schlage mit der Faust auf den Tisch, dass es kracht. Alle zucken zusammen.

Ich sage: „Schluss jetzt mit dem Geheule. Wollen doch froh sein, dass wir gesund sind. Los Uschi schenk ein." Einige Mädchen holen noch Wein- und Sektvorräte aus ihren Zimmern. Es geht los – die Sause – erst gegen Morgen hören wir auf.

Es ist kaum zu glauben, dass ein paar Weiber soviel Spaß und Fröhlichkeit auf die Beine bringen – die Melancholie war nach einigen Gläschen verflogen – und so albern sein können. Frohsinn ist angesagt. Jede von uns ist zum Schluss absolut besoffen. Alle wanken in ihr Zimmer. Keines der Mädchen lässt sich vor dem Abend des ersten Feiertages sehen. Als alle gegangen sind, gehe ich mit Uschi auf mein Zimmer. Wir kuscheln und schlafen schnell ein.

Beim Aufräumen stört uns Jürgen am nächsten Tag. Er setzt sich aufs Bett, greift sich eine der noch zufällig vollen Flaschen Sekt, öffnet sie und trinkt aus der Flasche.

„Du Biggi, nach deinem letzten Klau ist es besser, wenn du noch zwei Tage von hier verschwindest."

Uschi und ich hatten etwas angedeutet, als wir uns für die drei Tage abgemeldet haben. „Ich benötige wieder einen Kurier. Du fährst einen Tag nach Weihnachten wieder nach Amsterdam. Mit dem Zug." Er nennt den Treffpunkt, den Kontaktmann. Alles andere soll so laufen wie beim letzten Mal. Nur Toni ist nicht mehr sein Kontaktmann. Warum sagt er nicht. Bei dem Gedanken an Toni muss ich in Gedanken lächeln; sollten ihn die kleinen Gonokokken außer Gefecht gesetzt haben?

30. Kapitel

Ich bin gut in Holland angekommen. Alles verlief planmäßig. Der Zug war ziemlich leer. Ich hatte meine Ruhe, da das Abteil nicht besetzt war. Um die Zeit vergehen zu lassen, hatte ich mir einen Walkman von einer Kollegin geliehen. Ich hörte heiße Musik von Tina Turner. Die Grenzabfertigung war komplikationslos.

In Amsterdam habe ich mir erst einmal einiges angesehen. Mit Jürgen war ja verabredet worden, dass ich mir Zeit lassen soll. Erst am späteren Abend sollte ich am Treffpunkt, wieder in der Disco, sein.

Ich habe eine Stadtrundfahrt mit einem Bus gemacht. Danach bin ich mit einem Ausflugsboot auf den Grachten herumgeschippert. Es war ein richtig schöner Tag. Die Sonne schien, und obwohl es unter Null Grad kalt war, war mir doch ganz warm ums Herz. Die Zeit müsste jetzt stehen bleiben, dachte ich. Keine Sorgen, Sonne, Frieden, keine Freier mehr.

Als das Schiff anlegte, war es mit dem guten Feeling vorbei. Ich bemerkte den Drang, mir wieder eine Spritze zu setzen. Aber wo. Ich kenne Amsterdam nicht. Ich lief durch die Straßen und fand eine öffentliche Toilette. Der Flash war gut. – Was habe ich vor einer Stunde noch auf dem Schiff gedacht? Die Zeit müsste stehen bleiben! – Alles Quatsch. Mit einem Schuss in die Venen ist das Leben auch allemal zu ertragen, denke ich.

Ich weiß in diesem Moment nicht, dass ich mich eigentlich selbst betrüge. Ich gehe mit dem Rauschgift nur den Problemen meines Lebens aus dem Weg. Ich weiß, dass ich noch einen Schuss besitze. Das muss reichen, bis ich wieder zu Hause bin.

Ich verspüre Hunger. Ich drehe mich um meine eigene Achse und bemerke ein nettes Lokal ganz in meiner Nähe. Ich betrete das Gasthaus und setze mich an einen freien Tisch am Fenster, bestelle Spaghetti Bolognese – und das in Holland! Aber es schmeckt prima. Beim Essen blicke ich durchs Fenster auf die Straße und die dahinterliegende Gracht. Das Wasser ist an den Seiten zugefroren. Auf dem Eis laufen Schwäne und Enten herum. Ein älteres Paar wirft Brotstückchen den Vögeln zu, die sich gierig draufstürzen. Die schieben Hunger, und ich habe genug zu essen.

Nach meinem Mahl bestelle ich mir ein Bier. Ich denke an zu Hause. Ob der Freier mich wohl angezeigt hat, vielleicht war die Schmiere schon im Puff. Am besten ist es, gar nicht daran zu denken.

Es wird allmählich dunkel. Gegen 19.30 Uhr verlasse ich das Lokal und schlendere durch die Straßen. – Bald erreiche ich das Rotlichtviertel. Ich sehe viele Kolleginnen, die auf der Straße versuchen, die Freier anzukobern.

Ich denke, dass es denen doch schlecht geht im Gegensatz zu mir; ich habe wenigstens ein warmes Zimmer zur Verfügung. Dabei kommt mir Uschi in den Sinn. Ich merke, dass ich sie vermisse. Sie gibt mir die nötige Ruhe.

Es wird Zeit, zum Treffpunkt zu gehen. Die gleiche Prozedur wie beim letzten Mal. Dann Übergabe, den

Ledergürtel um die Hüfte gebunden. Alles so wie beim letzten Mal, nur keine „Schreibtischnummer". Der Typ, der nun da ist, ist ein smarter, braungebrannter Geschäftsmanagertyp. Keine überflüssigen Worte, sparsame Gesten, es zählt nur das Geschäft. Auf Wiedersehen, gute Reise und schon stehe ich wieder auf der Straße. Im Dunkeln rücke ich mir den Ledergürtel mit dem Stoff richtig zurecht. Nun sitzt er richtig und kneift nicht mehr unter dem Busen.

Ich erreiche den Bahnhof eine Stunde vor Abfahrt des Zuges. Im Restaurant für Reisende, welches die ganze Nacht geöffnet hat, trinke ich noch zwei Bierchen.

Ein Betrunkener macht mich an. Haut aber gleich wieder ab, als er sich eine ordentliche Watschen einfängt.

Der Zug rollt langsam aus dem Bahnhof in Richtung Grenze. Die Beleuchtung der Bahnsteige und Schienen im Bahnhofsviertel bleibt zurück. Draußen ist es jetzt dunkle Nacht. Wolken am Himmel, kein Stern, kein Mond zu sehen. Ich schalte die Abteilbeleuchtung aus, so dass nur noch eine Notbeleuchtung glimmt, versuche zu schlafen. Es geht nicht. Die Nervosität überfällt mich. Sie kriecht allmählich an den Beinen hoch, erreicht mein Herz. Das schlägt laut und auch schnell. Hoffentlich geht alles gut – so wie beim letzten Mal.

Die Grenze ist erreicht. Der Zug wird nun langsamer; die Zöllner betreten die Abteile, unmittelbar nachdem er hält. Der holländische Zöllner sieht in meinen Ausweis, wünscht mir eine gute Weiterreise und geht. Puh, die erste Hürde ist überwunden! Mir wird etwas wohler. Dann geht es weiter; nach ca. 500 Metern hält der Zug erneut. Ich sehe aus dem Fenster und bemerke, dass der deutsche Zoll zusteigt. Plötzlich bekomme ich Angst, die mir förmlich die Kehle zuschnürt. Ganz ruhig bleiben. Es wird schon alles gutgehen.

Der Zöllner kommt ins Abteil, grüßt höflich zurück; ich reiche ihm meinen Ausweis. Er nimmt ihn, sieht hinein, guckt auf mein Bild, schaut mich an. Ich lächle freundlich. Er macht den Mund auf, um etwas zu sagen. Ich denke, nun verabschiedet er sich und alles ist in bester Ordnung.

Aber so ist es nicht!

Er sagt: „Es tut mir leid; aber ich muss Sie bitten mitzukommen. Es ist eine reine Routinekontrolle. Es wird nicht lange dauern. Sie können mit dem Zug hier weiterfahren.“ Mir wird ganz schwarz vor den Augen, kann kaum aufstehen, so zittern mir die Knie. Ich glaube, ich schwanke wie eine junge Fichte im Wind, als ich ihm bebend folge. Er bringt mich in die Abfertigungsräume. Eine Frau, ebenfalls in Uniform, kommt hinzu. Sie bittet mich, in einen gesonderten Raum zu gehen. Sie folgt mir.

In dem Raum sagt sie: „Ziehen Sie sich bitte aus, damit ich sehe, dass Sie nichts einschmuggeln.“ „Ich bin eine freie Bürgerin und will nach Hause. Ich werde mich nicht ausziehen; ich habe nichts Verbotenes bei mir“ schreie ich. Ich bin richtig hysterisch. Sie blickt mich scharf an und brüllt kurz und knapp „Ausziehen, aber plötzlich, oder ich ziehe dich aus, das kannst du dir überlegen.“

Ich lege meinen Mantel ab, knöpfe die Bluse auf. Mir ist das unangenehm. Es fällt mir schwer weiterzumachen. Gleich ist alles vorbei; dann sieht sie den Gürtel mit dem Stoff.

„Ah, was haben wir denn da? Na das ist aber komisch; geben Sie mal her!“

Ich binde den Gürtel los und gebe ihn der Beamtin. Sie öffnet ihn und sieht den Stoff.

Aus! Alles aus! Und nun?

Weiter geht's. Sie hat noch nicht genug davon, mich zu demütigen.

So muss ich mich splitterfasernackt ausziehen und mich auf einen Stuhl setzen.

„Los machen Sie die Beine breit und setzen Sie sich auf die Stuhlkante!“ Ich gehorche, bleibt mir ja nichts weiter übrig. Sie hat zwischenzeitlich Plastikhandschuhe angezogen. Sie bückt sich und sieht zwischen meine Beine. Sie sieht in mein Geschlechtsteil, ob ich hier auch noch etwas versteckt habe. Dann muss ich mich bücken, und sie überprüft meinen After. Danach kann ich mich wieder anziehen. Sie führt mich in den Büroraum, durch den wir vorher schon einmal gegangen sind. Der Beamte sieht sich den Stoff an und sagt trocken: „Sie sind vorläufig festgenommen!“ Ich kann nichts antworten. Ich werde in eine Zelle gesteckt. Meine persönlichen Dinge werden vorher deponiert. Mir wird gesagt, dass ich am Morgen vernommen werden soll, anschließend dann dem Richter vorgeführt werde. Der würde dann entscheiden, ob ich nach Hause entlassen werde oder in Haft bleiben muss. Schöne Scheiße!!

Ich lege mich auf die Pritsche und versuche einzuschlafen. Morgen früh werde ich sofort Jürgen anrufen. Mit diesem Gedanken schlafe ich ein.

32. Kapitel

Um 08.00 Uhr werde ich geweckt. Ich stehe auf, mach mich zurecht, bin wie zerschlagen. Die Pritsche war nicht gerade sehr gemütlich, dafür aber auch recht hart.

Die nächsten Stunden erlebe ich wie durch einen Schleier. Ich erfahre, das die Beamten meine Tasche durchsucht haben. Dabei haben die natürlich meine Fixerutensilien gefunden. Nur gut, dass ich mir im Zug noch vor der Grenze den letzten Schuss gesetzt habe. So komme ich bis zum Abend ohne Entzugserscheinungen durch. Ich habe gefragt, ob ich einmal telefonieren darf. Habe vorgegeben, mit einem Anwalt zu Hause zu sprechen. Es wurde mir auch gestattet. Ich rief Jürgen an. Ein Beamter stand bei dem Gespräch hinter mir. Ich habe Jürgen alles erzählt und ihn gebeten, etwas zu unternehmen. Er sagte, dass er einen Anwalt schicken will und ich nichts weiter sagen soll. Ich hatte bei der Vernehmung ohnehin nur meine Personalien angegeben, sonst nichts.

Am frühen Nachmittag kam der Anwalt. Ich durfte mit ihm unter vier Augen reden. Er sagte mir gleich, dass er von Jürgen alles erfahren habe. Ich solle ihn nur alles machen lassen. Kurz danach wurde ich dem Richter vorgeführt. Der Anwalt erzählte etwas von Missverständnis, großem Unbekanntem, ausnutzen, nicht gewusst, was im Gürtel war, angenommen, dass Geld sich darin befände, welches in Deutschland einem

Geschäftsmann gehöre und so weiter. Ich habe das alles gar nicht richtig mitbekommen. Nach einigem Hin und Her hat der Richter dann entschieden, dass ich für 20.000,-- DM Kaution wieder auf freien Fuß gesetzt werde. Ich müsse mich zu Hause einmal wöchentlich bei der Polizei melden. Woher aber die 20.000,-- DM nehmen? Der Anwalt hatte alles dabei! Wie sollte ich das Geld dem Jürgen nur zurückgeben? Der Anwalt nahm mich in seinem Wagen mit nach Hause.

Unterwegs gab er mir Stoff und eine Spritze. Ich war ganz überrascht. Er meinte, dass Jürgen meinen Zustand kennt und er selbst keinen unnötigen Ärger mit mir haben will. Nach dem Schuss geht es mir gleich wesentlich besser.

Zu Hause schreit Jürgen mich gründlich zusammen. Ich sei ein nutzloses Etwas, dämlich und er würde mich zwingen, in Zukunft noch mehr zu arbeiten. Ich solle mich hüten, sein Haus noch weiterhin in Misskredit zu bringen. Er schickt mich ins Zimmer; dort erwartet mich Uschi schon. Wir fallen uns in die Arme, und ich fange fürchterlich an zu heulen.

Ich gehe bald ins Bett und schlafe die Nacht durch. Ich weiß, dass ich morgen noch mehr ran muss! ...

Jürgen will sein Geld sehen. Er meint, dass die Kaution bei einem Urteil mit in die Strafe einbezogen wird. Alles sei dann verloren, und ich sei dafür verantwortlich.

Mein Schlaf ist tief und traumlos.

33. Kapitel

Wieder sind einige Wochen vergangen. Der Frühling scheint langsam Einzug zu halten. Die Luft wird wärmer und wenn man aus dem Fenster sieht, kann man hier und da ein paar Krokusse entdecken. Die Geschäfte laufen so dahin. Eigentlich passiert nichts Besonderes. Das Leben hier ist und bleibt eben hart.

Nach meiner Rückkehr aus Amsterdam musste ich doppelt und dreifach ran. Wenn ich mir vorher die Kunden noch aussuchen konnte, so ist das jetzt nicht mehr drin. Um an das Geld zu kommen, muss ich jeden Scheißer nehmen, der da kommt. Egal wie.

Früher habe ich keine Freier an mich herangelassen, die schmutzig waren. Heute muss es mir egal sein. Ich desinfiziere mit Alkohol, putsche mich mit Capta auf und setze mir so oft es geht einen Schuss. Anders halte ich das nicht durch. Nur noch anschaffen, kaum Schlaf, keine Freizeit!

Nach einer Woche, ich hatte gutes Geld verdient, kam Jürgen. Er sagte, dass ihm die Abgabe nicht reichen würde. Er forderte 500,-- DM täglich. Er würde mein Geld, die 20.000,-- DM benötigen. Nur wie sollte ich das schaffen?

Ich bemühte mich, arbeitete, ekelte mich, kotzte, beklaute die Freier. Uschi war so lieb, mir nach Kräften zu helfen. Auch sie nahm nun jeden Kunden mit. Sie steckte mir oft 100,-- DM zu. Ohne ihre Hilfe hätte ich das alles nicht geschafft.

Ich kam auf 20 bis 30 Freier pro Tag und Nacht. Wenn ich nicht hätte Falle schieben können, wäre ich wohl ausgefranst...

Es ging bei mir im Drehtürsystem, nur noch rein – raus - abspritzen – der Nächste bitte.

Zwischendurch Schnaps und Bier. Ich weiß nicht warum, aber ich habe bisher sehr viel Glück gehabt, wenn man es so bezeichnen darf. Ich meine damit, dass ich mich nicht mit einer Geschlechtskrankheit oder Aids infiziert habe in der letzten Zeit.

In meiner Situation durfte ich nicht wählerisch sein. Ich habe für ein paar Mark mehr auch ohne Gummi gearbeitet. Das allerdings ist mittlerweile auch in unseren Kreisen verpönt.

Aber was sollte ich machen? Einmal bekam ich die zusätzlichen 500,-- DM nicht zusammen. Jürgen schickte mir einen seiner Gorillas vorbei. Er kam ins Zimmer. Ohne etwas zu sagen, schlug er auf mich ein. Aber wohlweislich so, dass man nichts sieht. Ich blieb benommen liegen und heulte. Damit konnte ich meinen Zustand aber auch nicht ändern. Es hieß weiterarbeiten.

Das ist mir noch zweimal passiert. Ich habe nicht daran gedacht, die Polizei einzuschalten. Die können mir sowieso nicht helfen. Jürgen sagt auch immer, dass die ihm nichts anhaben können. Er habe genug Leute, die für ihn aussagen würden. Man würde mir sowieso nicht glauben!

Eine Sache in der vergangenen Woche fand ich ganz lustig.

Da kam einer an die Tür; ich fragte, ob er reinkommen will, und er kam. Er war schon im „hohen Mittelalter", aber recht gut aussehend. Ich sagte ihm den Preis. Er meinte, dass er es nicht so einfach will. Er würde das Besondere lieben.

Als er das sagte, lief er leicht rot an; es war ihm wohl peinlich. Ich musste mir das Lachen verkneifen, als er mir seinen Wunsch vortrug. Dabei leuchteten seine Augen. Ich glaube, er war etwas arg verwirrt, aber was soll es. Ich brauchte nun einmal Geld.

Ich tat so, wie er es verlangt hatte, nachdem er mir 500,-- DM gegeben hatte und zog mich ganz aus. Ich sollte ihm seine Kleidung ausziehen, was ich auch tat. Als ich ihm die Hose öffnete und den Reißverschluss herunterzog, bemerkte ich seine Erektion. Als er dann nackt war, habe ich seinen Penis gestreichelt. Es schien ihm zu gefallen. Er lächelte irre und atmete laut. Dann nahm er aus einer mitgebrachten Tasche einen Gegenstand. Aber was für einen! Es war, man wird es kaum glauben, – eine Mausefalle! Eine normale, im Kaufhaus erhältliche Mausefalle. Ich hätte mir nicht träumen lassen, wozu man eine Mausefalle so gebrauchen kann, schon gar nicht beim Sex! Er zeigte es mir. Ich streichelte weiterhin sein Glied. Er stand vor dem Tisch im Zimmer. Stellte die Mausefalle auf – direkt vor seinen Penis. Die Höhe des Tisches stimmte. Seine Latte ragte über den Tisch. Er spannte die Mausefalle. Dann begann er seinen Unterkörper leicht zu bewegen. Sein Dolch schwankte auf und ab. Und dann ein schriller Schrei – und er kam. Die Mausefalle hing an seinem Schaft. Ich zuckte zusammen. Mir tat es direkt körperlich weh, obwohl ich ja gar nicht betroffen war! Durch das Schwanken geriet die Eichel gegen den Auslöser der Falle; die Falle klappte zu und fing den Schwanz!

Er löste die Falle und wischte sein Sperma mit einem Kleenex vom Oberschenkel und vom Tisch ab. Dann untersuchte er den Schwanz. Ein tiefer Eindruck war zu erkennen.

Ob er schon Hornhaut hatte? Er lächelte mich an und war offensichtlich zufrieden. Beim Anziehen lächelte er glückselig vor sich hin. Vielleicht dachte er an sein Erlebnis zurück.

Dann war er verschwunden.

34. Kapitel

Durch meine gewaltige Anstrengung und Uschis Hilfe konnte ich die 20.000,-- DM beschaffen. Doch viel Entlastung hatte ich finanziell dadurch nicht. Jürgen schien Gefallen an meinem Geld gefunden zu haben. Er verlangt weiterhin einen 100,-- DM-Schein täglich, als Vorsorge für weitere mögliche Zwischenfälle. Er hat keinen Zweifel daran gelassen, dass er das Geld bei mir eintreiben wird.

Ich glaube, dass ich jetzt nicht mehr allein heroinsüchtig bin, sondern auch ohne Alkohol nicht mehr auskommen kann. Schon unmittelbar nach dem Aufstehen habe ich ein starkes Verlangen nach Schnaps und Bier. Genehmige ich mir nichts, fange ich an zu zittern. Nach dem ersten Schluck, den ich dann meist gleich aus der Flasche nehme, geht es mir besser.

Die ganze Scheiße macht mich kaputt. Ich weiß es, habe aber nicht den Mut und die Kraft, dagegen etwas zu unternehmen. Meine finanzielle Situation wird auch noch schlechter. Aufgrund der Anzeige wegen Beischlafdiebstahl, ich werde bei der Sitte vernommen, habe aber nicht gesagt, dass ich die 12.000,-- DM geklaut habe, kam gestern gerade wieder ein Strafbefehl.

Diesmal muss ich 8.000,-- DM an die Staatskasse abdrücken. Allerdings konnte ich wieder Ratenzahlung beantragen, weiß aber nicht, ob ich das so schaffe.

Durch die ganze Anspannung, den Ärger und den Stress, ist meine Laune natürlich auch nicht die beste. Selbst mit Uschi habe ich des Öfteren Streit. Sie ist aber gut ausgeglichen, und so renkt sich alles wieder ein.

Es ist Freitag. Wir aber müssen arbeiten. Immer nur arbeiten, arbeiten, arbeiten. Die Sonne scheint den ganzen Tag. In den Zimmern herrscht aber weitgehend trübe Stimmung. Also erst mal einen trinken. Der Abend kommt; die Dunkelheit hüllt alles ein. Die unpersönliche Beleuchtung wirft ihre Schatten. Ich liege auf dem Bett. Die Tür geöffnet. Ich warte auf geile Freier, die Geld bringen. Auf den Fluren ist Betrieb. Die Männer sehen herein, gehen weiter. Einer bleibt stehen; wir verhandeln eine kleine Nummer. Ich brauche jeden Pfennig. Also ran und möglichst schnell abservieren, damit der nächste Freier kommen kann. Abfertigung wie am Fließband.

Ob die Männer wohl darüber nachdenken, dass schon etliche vorher in der Lustgrotte waren und dass die Wärme eines anderen Schwanzes noch in meiner Möse ist? Mir ist es egal. Nur anschaffen, das bringt Geld, das ich so dringend brauche.

Die Gerichtsverhandlung wegen Rauschgiftschmuggels steht noch aus. Jürgen habe ich gut rausgehalten. Meine Aussage habe ich mit dem Anwalt abgesprochen. Ich war nur der Kurier für andere, Name unbekannt.

Ich habe natürlich angegeben, woher ich das Zeug in Amsterdam hatte; aber bis die holländische Polizei dort eingeflogen war, war dort nichts mehr zu finden. Jürgen hatte durch seine Beziehungen alles geregelt. Nur die Kaution, die durfte ich zurückzahlen, und das für meine Gutmütigkeit!

Die Gerichtsverhandlung steht an. Um 08.30 Uhr muss ich im Gerichtssaal erscheinen. Um 05.00 Uhr holt mich der Anwalt ab. Wir fahren in den Grenzort. Sind fünfzehn Minuten vor Prozessbeginn dort. Wir warten vor der Tür.

Ich bin nervös. In meiner Handtasche habe ich einen Flachmann. Auf der Toilette nehme ich einen großen Schluck daraus. Es ist schon der zweite heute morgen. Dazu dann der Schuss. Meine Hände zittern aber immer noch. Der Anwalt sagt, dass ich nur meine Personalien angeben soll. Alles andere würde er erledigen.

08.30 Uhr ist vorbei. Wir sitzen immer noch auf dem Flur vor dem Gerichtssaal.

08.35 Uhr. Noch niemand zu sehen.

08.40 Uhr wird der Termin aufgerufen.

Wir gehen in den Saal. Gegenüber der Eingangstür ist ein erhöhter langer Tisch gestellt. Dahinter sitzen, besser besagt thronen fünf Männer in schwarzen Kutten, drei Richter und zwei Schöffen – Schöffengericht. Rechts an der Stirnseite die Schreibdame, die Protokollführerin. Links an der Stirnseite sitzt der Staatsanwalt, der Ankläger. Ich sitze neben dem Anwalt an einem gesonderten Tisch, rechts vor dem Richter.

Als die Richter den Saal betraten, mussten alle aufstehen. Nun sitzen wir. Ich bekomme kaum etwas mit; so aufgeregt bin ich. Ich sehe mich im Saal um. Rechts und links der Saaltüren stehen Stuhlreihen. Die Stühle sind besetzt. Jungen und Mädchen sitzen da. Die habe ich gar nicht bemerkt, als ich hineinkam. Es ist wohl eine Schulklasse, die sich anhören soll, was mit einem / einer geschieht, der / die mit Drogen zu tun hat. Als Abschreckung.

Sie sehen mich neugierig an. Mir ist das doch sehr

unangenehm. Ich werde aufgefordert, meinen Namen zu nennen. Dann soll ich erzählen. Ich verweise auf meinen Anwalt.

Der ergreift das Wort. Er redet und redet. Mir ist schon alles egal. nur nicht in den Knast. Geld kann ich bestimmt irgendwie beschaffen, und wenn ich klauen muss.

Dann kommen die Zöllner, die Vernehmungsbeamten als Zeugen. Sie sagen aus.

Neben den Akten auf dem Tisch liegt eine Tüte mit dem Stoff. Scheiß Stoff!

Es ist Mittagspause. Mein Anwalt geht mit mir in ein Restaurant. Wir essen eine Kleinigkeit, und ich haue mir ein paar Bier mit einigen Schnäpsen rein. Der Anwalt meint, dass die Beweisaufnahme abgeschlossen sei. Nachher würden noch die Plädoyes des Rechtsanwaltes und des Staatsanwaltes kommen. Anschließend die Verkündung des Urteils.

Wieder im Gerichtssaal höre ich zwar genau zu, verstehe aber nichts. Geht es um mich? Eigentlich ist es wie im Kino.

Kino! Wie lange war ich schon nicht mehr im Kino. Immer war ich nur mit Anschaffen beschäftigt.

Die „Ansprachen" sind vorbei. Das Gericht zieht sich zur Beratung zurück. Beratung – was wollen die denn noch beraten. Die wissen doch längst, wie das Urteil lauten soll! Die müssen nur die Begründung aufschreiben. Nach dreißig Minuten wieder im Gerichtssaal. Urteilsverkündung! Wir stehen alle auf. „Im Namen des Volkes ergeht folgendes Urteil".

Ich glaube, mein Herz bleibt stehen. Was jetzt wohl kommt. „Die Angeklagte Brigitte Müller wird wegen Verstoßes gegen das Betäubungsmittelgesetz zu einer Freiheitsstrafe von zwei

Jahren verurteilt!“

Ich muss mich setzen. Alles schwimmt vor meinen Augen. Meine Knie werden weich.

„Die Strafe wird zur Bewährung ausgesetzt. Gründe für dieses Urteil – alles blah, blah.“ Erst langsam begreife ich, dass ich nicht in den Knast muss. Mir wird etwas wohler. Die Gedanken fliegen durch den Kopf. Nur gut, dass die nicht wissen, dass ich mir regelmäßig „H“ schießen muss.

Der Anwalt nimmt mich mit zurück in die Stadt.

In meinem Zimmer feiere ich mit Uschi die Bewährung. Ich saufe mir richtig einen an. Uschi fragt mich, was mit der Kaution geworden ist. Ich weiß es gar nicht. Ich müsste das Geld bekommen, weil ich dem Jürgen alles beglichen habe.

Ich gehe zu Jürgen in den Keller und fordere ihn auf, mir mein Geld zu geben, was mir zusteht. Dabei lalle ich aber schon ganz schön. Jürgen lacht mir ins Gesicht. Er meint, dass er kein Geld bekommen habe und mir somit auch nichts geben könne. Ich gehe zurück ins Zimmer.

Ich hab's ja gewusst. Und nachweisen kann ich diesem Saukerl nichts. Also mal eben 20.000,-- Eier futsch. Darauf trinken wir noch einen.

35. Kapitel

Wieder sind Wochen vergangen. Wochen oder Monate, ich weiß es nicht. Das Leben ist wirklich wie eine Hühnerleiter, von oben bis unten jede Sprosse besch...

Alltag, wieder einmal Alltag.

Nichts hat sich ereignet. Die Zeit ist einfach so vergangen. Ich beschreibe es nicht noch einmal; mein Tagesablauf ist ja schon bekannt. Mal ist das Wetter schön, dann wieder nicht. Abends geht die „Säufersonne“ auf, der Mond. Auch er zieht seine Bahnen... Den Wechsel zwischen Tag und Nacht bekomme ich kaum noch mit. Ich lebe, nur wie! Nur noch für „H“, Alkohol. Wenn die Uschi nicht da wäre, würde alles noch beschissener sein. Uschi gibt mir den Halt. Sie hilft mir weiterzumachen, weiterzuleben!

Heute Abend gehen wir ins Kino. Wir haben uns das fest vorgenommen. Einmal etwas ausspannen und etwas anderes sehen und hören. Wenn Uschi so lieb ist, gelingt es mir auch, etwas weniger Alkohol in mich hineinzuschütten.

Der Film ist nicht schlecht. Aber ich verspüre einen Mordsdurst. Wir gehen in eine nette Kneipe. Weil wir nicht auffallen wollen, haben wir uns auch nicht so aufgedonnert. Es ist schön hier. Wir reden. Reden darüber, dass wir heiraten würden, wenn wir Mann und Frau wären. Aber das geht ja nicht. Obwohl – ich habe schon in der Zeitung gelesen, dass zwei Frauen annonciert haben, dass sie auf Lebzeiten zusammen leben wollen. Der Abend vergeht schnell, und wir trinken ein paar Gläschen Wein.

Im Lokal sitzen einige Pärchen und an einem Tisch zum Waschraum gelegen zwei Männer in den besten Jahren.

Sie gucken herüber. Sehr oft. Man merkt, sie wollen anbändeln. Das macht uns riesigen Spaß. Wir flirten zurück und lachen vergnügt. Einer der Männer steht auf, kommt an unseren Tisch. Er fragt, ob er mit seinem Freund zu uns kommen darf. Wir gestatten es großzügig. Der andere Mann erhebt sich und kommt ebenfalls zu uns an den Tisch. Sie setzen sich, und einer fragt, was wir trinken möchten. Wir bestellen Wein. Die Beiden trinken Bier. Wir unterhalten uns recht angeregt. Für die Männer scheint die Wahl schon entschieden zu sein. Der Kleinere interessiert sich offensichtlich für mich, der andere für Uschi. Sie plaudern angeregt mit uns. Sie erzählen, dass sie Reisende für ein großes Unternehmen sind.

Im Laufe der Zeit erfahren wir, dass sie verheiratet sind, im Ruhrgebiet wohnen und durch den Beruf bedingt nur eine Wochenendehe führen können. Na, das hat auch seine Reize. Beide haben Kinder, zücken entzückt die Fotos, erzählen vom Schulärger. Aber beide wollen natürlich auch ihre Freiheit innerhalb der Woche nutzen. Sie würden nie in einen Puff gehen. Das seien sie ihren Frauen schuldig. Aber ein Abenteuer hier und da, das sei in Ordnung. Und das wollten wir Frauen ja auch, meinten beide übereinstimmend.

Ich muss laut lachen. Sage aber nicht warum...

Wenn die wüssten, was oder wen sie da vor sich haben!!!

Aber es macht Spaß, auf dieses Spiel einzugehen.

Es ist schon nach Mitternacht, als Uschi meint, dass wir nun endlich nach Hause müssen. Sie sagt, dass wir bei unseren Eltern wohnen und die sehr streng mit uns sind. Sie erzählt, dass wir uns von zu Hause weggestohlen hätten. Die Beiden finden das natürlich sehr schade, bringen uns zur Tür, verabschieden sich höflich und fragen, ob sie uns morgen zur selben Zeit am selben Ort wiedersehen könnten. Wir sagen zu und gehen engumschlungen weiter. Irgendwie war es ein schöner Abend. So richtig normal. So, wie ich es eigentlich nicht kenne. Würde ich das wohl häufiger erlebt haben, wenn ich nicht in dieses Milieu eingestiegen wäre?

Wir kommen zum Haus. Alle Fenster sind erleuchtet, und meine Stimmung ist sofort wieder auf dem Nullpunkt angelangt. Keine Zeit, schlafen liegt nicht drin. Ich verabschiede mich mit einem Kuss von Uschi. Sie geht in ihr Zimmer, ich in meines. Ich liege auf dem Bett, Zimmertür wie immer geöffnet. Ich warte auf Freier. Die Whiskyflasche steht auf dem Nachttisch. Das Glas ist gut gefüllt; gierig trinke ich daraus, merke wie es mir warm an den Magenwänden entlang läuft. Ich liege mit offenen Augen auf dem Bett, trage wieder meine Koberkleidung: Strapse, Höschen, durchsichtiger BH. Ich habe stark Make up aufgelegt, so richtig aufgedonnert. Diesen Stinkern muss ich gefallen, damit sie reinkommen und ihr Geld bei mir lassen. Das ist mein Leben.

Ich denke an die letzten Stunden. Man hat sich natürlich zurückgehalten mit dicker Schminke und so, um nicht negativ aufzufallen; trotzdem sind wir von „normalen Männern“ angesprochen worden. Da habe ich einmal in das andere, das konventionelle Leben reingesehen. So schlecht scheint es auch nicht zu sein. Ob ich es später noch nachholen kann? All das

Versäumte? Plötzlich, wieder Wirklichkeit, ein Mann steht in der Tür; er will mit mir bumsen. Scheiße. Der Gedankenstrom ist abgerissen. Ich muss anschaffen.

36. Kapitel

Wieder einige Tage später, ich liege wieder auf dem Bett, aufreizend die Beine hochgestellt, leicht auf der Seite liegend. Heute ist das Geschäft ganz gut.

Ich glaube, es ist Vollmond. Da kommen schon ein paar mehr. Der Mond verändert die Menschen, sagt man. Vielleicht ist da auch was dran. Jedenfalls habe ich den Eindruck, dass viele Männer bei Vollmond geiler sind als sonst. Na, mir soll es nur recht sein. Am späten Nachmittag habe ich gleich zwei Stammkunden. Alles Harmlose, schüchterne Abteilung, also leichte Arbeit!

Danach einen Schüler. Ich glaube, noch keine achtzehn. Was soll es. Irgendwann muss jeder mal anfangen. Aber die Zeit, ihm etwas beizubringen, habe ich nicht.

Er ist etwas enttäuscht; das merke ich wohl. Der kommt bestimmt nicht wieder. Aber Zeit ist hier Geld!

Auch der Abend läuft bestens. Uschi und ich haben uns Gyros kommen lassen. Auch sie meint, dass es gut läuft zur Zeit. Anschließend geht sie an ihren Arbeitsplatz zurück.

Ich habe noch ein paar Gäste und zwischendurch immer wieder einen Drink. Mein Tagessoll – nicht alkoholmäßig – sondern finanziell habe ich nun schon erreicht; nun überlege ich, ob ich ein paar Stunden eher Feierabend mache, um mal richtig auszuschlafen.

Dann kommt ein guter Gast. Für zweihundert DM, französisch, eine halbe Stunde streicheln, dann das übliche. Bezahlt hat er im Voraus. Die Zeit ist bald herum. Er liegt unter mir und meint, dass er im siebten Himmel schwebt. Ich träume von Gran Canaria, von Sonne, Palmen und Meer. Dabei bewege ich meinen Unterkörper rhythmisch auf und ab. Das scheint dem Typen zu gefallen. Gut so, er hat auch gut bezahlt. Er arbeitet nun wild mit. Ich denke an Sonne, baden und Strand, und er rackelt und rackelt unter mir.

Plötzlich höre ich einen lauten Schrei. Ein Schrei, der dann gurgelnd verstummt.

Der Typ unter mir rackelt immer noch. Ich springe ab. Das ist doch nicht normal. Irgend etwas ist passiert.

Ich renne zur Tür. Nackt wie ich bin. Auf dem Flur ist es leer. Plötzlich rennt ein Mann um die Ecke, kommt auf mich zugestürzt, rempelt mich um. Ich falle. Schon ist er im Treppenhaus verschwunden. Igitt, wie hat der gestunken. Das war so ein richtiger Pennertyp. Total ungepflegt, wirre, lange schmutzige Haare und ein Vollbart, wie ein Weihnachtsmann, aber total verfilzt. Als ich mich aufgerappelt habe, merke ich, dass er mich aus tiefliegenden brutalen Augen anstiert.

Plötzlich ist er weg.

Langsam wird es voll auf dem Flur. Nackte und halbnackte Mädchen mit ihren Freiern. Alles redet wild durcheinander; nur weiß niemand, was eigentlich passiert ist. Die Männer ziehen sich teilweise noch auf dem Flur an. Als die ersten damit fertig sind, rennen sie los. Nur weg hier. Irgendwie spürten alle, dass etwas Schlimmes passiert sein muss.

Mein Typ rennt auch. Ob er wohl noch mal wiederkommt? Ich gehe den Gang runter, um zu Uschis Zimmer zu gelangen.

Ich will sie fragen, ob sie wohl weiß, was geschehen ist. Vor ihrer Tür stehend höre ich aufgeregte Stimmen. Ich bin überrascht; was soll das? Ich trete ein, schubse zwei Kolleginnen zur Seite, da sie so dicht stehen, dass ich nicht durchkomme. Dann sehe ich Uschi.

Mir wird schlecht; ich breche ohnmächtig zusammen. Nach einiger Zeit, ich weiß nicht, wie lange meine Ohnmacht gedauert hat, komme ich wieder zu mir. Merke, dass mich jemand schlägt. Ich öffne die Augen und sehe Jürgen. Er steht über mir und gibt mir Ohrfeigen.

Dabei sagt er: „Gott sei dank, sie kommt wieder zu sich. Eine Leiche reicht mir für heute auch. Los, steh auf und zieh dir was an. Du bist ja ganz nackt. Die Bullen werden gleich hier sein."

Als ich in mein Zimmer zurückgehe, erlebe ich noch einmal, was ich gesehen habe. Uschi lag auf dem Bett. Quer auf dem Bett. Ihr BH war zerrissen. Unterhalb der Brust steckte ein Messer. Es stand im rechten Winkel vom Körper ab. Die Klinge steckte in Uschis Körper, war kaum noch zu sehen. Ihr Gesicht war total verzerrt. Die Haare wirr durcheinander. Der Mund stand halb offen, die Augen weit aufgerissen – glotzten starr. Erst jetzt begriff ich, dass Uschi tot war.

Uschi war tot!

Ich wanke in Richtung Zimmer, setze mich auf mein Bett. Nehme die Whiskyflasche vom Nachttisch, setze an und trinke, trinke, trinke. Als die Flasche leer ist, werfe ich sie achtlos in die Ecke. Sie fällt scheppernd zu Boden, zerspringt in tausend Scherben.

Wie mein Herz.

Ich bin völlig apathisch. Ich weiß nicht warum, aber ich

kann nicht weinen; alles ist so leer in mir.

37. Kapitel

Jürgen kommt zu mir. Er hat eine Kanne mit starkem schwarzen Kaffee dabei. Er meint, dass ich mich frisch machen solle und erst einmal eine große Tasse Kaffee trinken müsse, die mich schon wieder auf die Beine bringen würde. Die Polizei ist schon im Haus und fragt alle Mädchen nach irgendwelchen Beobachtungen. Ich frage Jürgen, was passiert ist. Er sagt, dass die Uschi von einem Freier umgebracht worden ist. Keiner habe den Mörder gesehen und es würde wohl schwer werden, ihn zu fangen. Jürgen meint, er würde seine Beziehungen spielen lassen, um dem Mörder zu finden, damit der seine gerechte Strafe bekommt. Dass in seinem Haus ein Mädchen umgebracht würde, gehe gegen seine Ehre und sei auch kein gutes Renommee für das Haus. Das müsse ein Spinner gewesen sein.

Jürgen geht wieder.

Ich trinke den Kaffee, und der Penner fällt mir wieder ein. Nur er kann Uschi umgebracht haben. Das Gesicht, die Statur und auch sonst alles – auch die brutalen Augen. Das würde ich niemals mehr vergessen. Ich erschauere bei dem Gedanken.

Es klopft an der Tür. Ich rufe: „Herein! Ein Mann betritt das Zimmer. Er stellt sich vor, zeigt mir seinen Ausweis; er ist von der Kripo. Setzt sich zu mir auf das Bett.

Er erklärt mir, dass er erfahren habe, dass ich mit Uschi eng befreundet gewesen sei. Im Übrigen würde es ihm leid tun – der Vorfall! Uschi ist tot. Und für diesen Herren ist es ein Vorfall!

Aber für mich nicht. Für mich ist das Liebste und Beste, was ich besaß, nicht mehr da. Tot!

Er fragt, ob ich etwas bemerkt habe. Er hat seinen Block in der einen, den Kugelschreiber in der anderen Hand. Er wartet darauf, dass ich etwas von mir gebe.

Ich starre an die Wand. Schleppend erzähle ich ihm die Begegnung mit dem Mann. Alles wird notiert. Dann bittet er mich mitzukommen. Ins Präsidium. Dort solle ich meine Angaben einem Zeichner geben, der dann ein Bild herstellen würde – ein Phantombild. Ich bin einverstanden. Stehe auf. Bin ganz überrascht, dass ich nicht schwanke.

Der Kaffee hat wohl doch gut getan. Teilnahmslos gehe ich hinter dem Beamten her. An der Flurecke bleibt er stehen. Ich laufe auf, entschuldige mich. Dann sehe ich, warum er so unvermittelt stehen geblieben ist.

Er lässt zwei Männer in dunklen Anzügen vorbei, die einen metallfarbenen Zinksarg tragen. Sie gehen an uns vorbei zum Treppenhaus.

Darin liegt nun meine Uschi! Wir gehen hinter dem Sarg her, bis in den Hof.

Als wir aus der Tür heraustreten, empfangen uns grelle Blitze. Die Fotografen sind auch schon zur Stelle. Woher weiß die Presse schon, dass Uschi umgebracht wurde?

Wir erreichen das Auto und fahren sofort los, durch ein dichtes Spalier von Neugierigen.

Im Polizeipräsidium werde ich einem weiteren Mann

übergeben. Der stellt sich auch vor. Es ist der Zeichner. Er wirkt sehr ruhig und sachlich. Sitzt an einem Tisch mit einem großen Zeichenblock vor sich.

Er fragt mich nach dem Mann. Jemand bringt uns Kaffee. Er zeigt mir vorgefertigte Augenpartien, Nasen, Ohren, Mundzüge. Wie war die Kopfform? Vor mir dreht sich alles. Er beruhigt mich, fragt dann behutsam weiter. Im Verlaufe von zweieinhalb Stunden entsteht das Porträt eines Mannes auf dem Zeichenblock.

Dann soll ich mir das Bild ganz genau zehn Minuten lang sehr intensiv ansehen. Das mache ich auch, stelle eine große Ähnlichkeit mit dem Penner fest. Aber etwas fehlt noch. Aber was. Ich sehe mir das Bild wieder an. Plötzlich weiß ich es.

Er ist zu alt!

Das sage ich dem Zeichner. Daraufhin wird das ganze umgezeichnet. Dann wird es mir erneut vorgelegt. Ich sehe mir das Bild an – und – genau das ist der Typ, der mir im Flur entgegenkam. Genauso und nicht anders. Wie auf einem Foto. Bewundernd schaue ich den Zeichner an. Der nimmt das Bild und entschwindet.

Kurz danach lässt sich ein anderer Beamter von mir noch einmal bestätigen, dass der Mann auf dem Bild mit dem vermeintlichen Täter identisch sei. Plötzlich entsteht Hektik. Einer sagt, dass das Bild sofort abgelichtet werden muss, dann schnellstens in die örtliche Lokalredaktion. Die Fahndung ist angelaufen. Mich bemerkt man gar nicht mehr. Fühle mich müde und zerschlagen. Ich will nach Hause, schlafen.

Ich stehe auf, gehe zur Tür. Dort werde ich aufgehalten. Der Beamte bedankt sich, sagt, dass ich am Nachmittag zur Vernehmung kommen müsse und dass ich jetzt nach Hause gefahren würde. Dort ist inzwischen Ruhe eingekehrt – Totenstille –.

Meine Gedanken schlagen Purzelbaum. Ich kann gar nicht alles so schnell ordnen. Dann steige ich ins Bett, nicht ohne vorher noch eine Flasche mit Wodka aus dem Schrank geholt zu haben. Den trinke ich gleich aus der Flasche, ziemlich hastig und bald darauf sinke ich aufgrund meines Trunkenheitsgrades in einen tiefen, wohltuenden Schlaf.

38. Kapitel

Ich wache auf, und das ganze Elend kommt über mich. Ich denke an Uschi. Sie ist nun tot. Mein Kopf droht zu zerspringen. Ich zittere und habe einen Schweißausbruch. Schnell hole ich meine Fixe und „H“, bereite alles vor zum Schuss. Das fällt mir sehr schwer, da es mir ziemlich mies geht. Dann gelingt es doch. Als der Stoff in die Adern läuft, geht es mir sofort besser. Noch einen Schluck aus der Flasche und schon sieht die Welt wieder etwas besser aus. Mein Zittern hört auch auf. Ich beginne zu überlegen, wie es nun weitergehen soll, so ganz ohne meine Uschi.

Die Mittagszeit ist schon vorüber. Ich muss mich langsam fertig machen, da ich zur Polizei muss.

Gerade als ich zum Aufbruch fertig bin, kommt Jürgen. Er schwingt sich auf mein Bett und wirft mir eine Zeitung zu. Auf der ersten Seite sehe ich das Bild, welches der Zeichner angefertigt hat. Mir fällt die große Überschrift auf. „Mord im Bordell! Wer kennt diesen Mann?“ Die gesamte Überschrift ist rot unterstrichen. Jürgen reißt mich aus meinen Gedanken. Er fragt: „Sieht der Mann wirklich so aus?“ „Ja, natürlich.“ „Das ist gut. Ich habe meine Jungs schon ausgeschickt. Wenn die den kriegen, wird er auch bald ein Messer im Leib stecken haben. Sowas lasse ich mir von einem solchen Arsch nicht bieten. Was du nachher der Schmiere erzählst, weißt du ja wohl – oder? Davon jedenfalls kein Wort! Verstanden!“ Jürgen steht auf, geht wieder.

Erneut nehme ich die Zeitung und lese weiter. „Abscheulicher Mord in einem Bordellhaus. Alle Mädchen aufgescheucht, voller Angst, wer wird die Nächste sein???“ Im Kleingedruckten darunter steht: „Gestern Abend kam es im Dirnenhaus zu einem der grausamsten Morde, der hier in dieser Region jemals bekannt geworden ist. Ein Irrer, so vermutet die Polizei, hat die Prostituierte Uschi M. mit einem Messer erstochen. Die M. soll keine Chance gehabt haben. Wie die Polizei weiter mitteilt, ist es nicht zu einer Vergewaltigung der Toten gekommen. Es wird aber nicht ausgeschlossen, dass der Irre erneut zuschlägt. Wer kann Angaben über die abgebildete Person machen? Hinweise erbeten an jede Polizeidienststelle und so weiter etcetera pp.“

Die Buchstaben verschwimmen vor meinen Augen. Ich muss noch einen Schluck trinken; dann rufe ich ein Taxi.

Bei der Polizei werden meine Angaben protokolliert. Hier treffe ich auch einige Kolleginnen, die zur Aussage hier sind. Ich erfahre aber, dass sie nichts Besonderes angeben können. Auf der Rückfahrt überlege ich, wer nun die Beerdigung vorbereitet. Was muss noch unternommen werden?

Ich wundere mich, dass ich so klar darüber nachdenken kann. Es ist mir unwirklich, dass Uschi nun nicht mehr da ist.

Jürgen – ja, den werde ich auf die Beerdigung ansprechen. Verwandte oder andere nahe Angehörige gibt es nicht.

Ich gehe zu Jürgen ins Büro. Mit Fingerzeig gibt er mir zu verstehen, dass ich draußen warten soll. Er hätte noch etwas zu erledigen!

Nach fünfzehn Minuten werde ich heineingebeten. Frage

nach der Beerdigung. „Ist alles erledigt, habe alles fest im Griff“ meint Jürgen lakonisch. „Das wird eine Trauerfeier. So etwas hat man noch nicht erlebt. Das bin ich Uschi einfach schuldig.“ Was ist dieser Kerl der Uschi schuldig? Der hat doch nur abkassiert und sie als Mensch zweiter Klasse behandelt und sonst nichts! Er hat nur verdient. Und jetzt auch noch ein Spektakel mit der Beerdigung. Das findet doch nur aus „Reklamegründen“ für sein Haus statt, nicht aus Menschlichkeit!

Dieses Arschloch, Scheißtyp!

In mir kocht es.

Arbeiten kann ich heute jedenfalls nicht. Ich drücke mir noch eine Fixe und saufe; dann heule ich die halbe Nacht, bis ich endlich einschlafe.

Meine Gedanken sind bei Uschi, an unsere schöne Zeit zusammen. Sie hat mir immer Halt und Trost gegeben. Und nun. Mein Leben muss ohne sie weitergehen. Ich kann das alles einfach nicht fassen.

Im Traum werde ich von Monstern gejagt, die mich umbringen wollen. Von meinem Schreien erwache ich. Anschließend habe ich Schwierigkeiten wieder einzuschlafen.

39. Kapitel

Die Beerdigung ist nun Vergangenheit. Ich hatte einen wunderschönen großen Kranz besorgt mit Uschis Lieblingsblumen, Gerbera, alles ganz in rosa.

Um elf sollte die Trauerfeier beginnen. Was war das für eine Hektik im Haus. Jede der Mädchen wollte mitfahren. Jürgen und seine Leibwächter natürlich auch. Er als der große Boss. Schon am Morgen brauchte ich einige Whisky und die kleinen Glücklichmacher Capta. Anders hätte ich das wohl kaum alles überstanden.

Um 10.30 Uhr kam Jürgen zu mir. Wie freundlich er plötzlich sein konnte. Das kannte ich gar nicht an ihm. Er hielt meinen Arm, als wir mein Zimmer verließen. Im Hausflur standen alle Mädchen Spalier. Jede hatte einen Strauß Blumen im Arm. Eigentlich ein beeindruckendes Bild. Aber davon habe ich kaum etwas richtig wahrgenommen.

Vor dem Haus auf dem Hof standen die Wagen bereit. Vorweg der Rolls von Jürgen. Ein Superschlitten. Aber knallgelb. Ebenso die Autos seiner Leibwächter, ekelig diese Farbe. Der Jürgen-Clan. Dann waren da noch etliche Taxen für die restlichen Mädchen. Langsam, dem würdigen Ereignis angemessen, fahren wir im Konvoi Richtung Friedhof. An jeder Antenne der Autos hing ein Trauerflor.

Jürgen hat wirklich an alles gedacht. Aber natürlich mit

dem Hintergedanken, seinen Puff werbewirksam zu verkaufen...

Die Reihe der Fahrzeuge wurde am Straßenrand vor dem Friedhof aufgestellt. Gemessenen Schrittes gingen wir zur Kapelle. Jürgen und ich ganz vorne, die anderen Mädchen dahinter. Wir trugen uns alle in die Kondolenzlisten ein. In der Kapelle waren alle Sitzreihen leer.

Ich ging nach vorne, erste Reihe; dort habe ich mich rechts des Altars niedergelassen. Jürgen daneben. Ich habe mich umgesehen. Am Altar stand der Sarg, wunderschön geschmückt. Daneben sechs große weiße brennende Kerzen. Vor dem Sarg lagen etliche große Kränze. Alle mit Schleifen versehen, ein letzter Gruß von den Mädchen.

Jürgen hatte wohl doch die Eltern von Uschi aufgetan. Und ich dachte immer, sie hätte niemanden. Aber wo blieben sie? Einen Kranz von ihnen gab es auch nicht. Uschi hatte es nicht geschafft, sich zu Lebzeiten mit ihren Eltern zu versöhnen. Dabei musste ich an mein eigenes Schicksal denken. Würde ich es wohl schaffen, so richtig gutbürgerlich?

Im Moment bestimmt nicht.

Plötzlich setzte die Orgel ein; ich schreckte zusammen. Eine wirklich traurige Musik. Der Prediger betrat den Feierraum, ging ans Rednerpult und begann von Uschi zu erzählen. Oh Gott, wer hatte ihm denn das alles erzählt? Vermutlich unser Boss Jürgen! Aber schlecht war es wirklich nicht!

Aber kein Wort über ihre und unsere Arbeit. Als Nutte hatte er sie auch nicht beschrieben. Ebenso kein Wort über unsere Beziehung zueinander!

Mein Tränenstrom war kaum zu bremsen. Dann wurde der Sarg herausgerollt. Die Trauergemeinde ging hinterher. Etwa einhundert Meter bis zum offenen Grab. Hier noch eine kurze Ansprache. Dann hoben die Sargträger den Sarg kurz an und ließen ihn langsam in die offene Grube hineingleiten. Als der Sarg endlich hinuntergelassen war, warf der Prediger die drei Schaufeln Erde hinterher mit den Worten „Ruhe in Frieden". Mir liefen die Tränen. Dagegen konnte ich mich nicht wehren. Ein Stück meines Lebens wurde da begraben.

Dann war ich an der Reihe mit dem Sand, die Blumen hinterher. Ich starrte auf den Sarg. Mir wurde schwindelig. Irgend jemand hielt mich fest und führte mich an die Seite.

Jürgen ging an den Rand der Grube. Auch er warf Sand hinein. In diesem Moment jedoch blitzte es, und im selben Moment brach sich der Donner über dem Friedhof. Gleichzeitig begann es zu regnen. Aber wie!

Es schüttete nur so. Niemand hatte auf das Wetter geachtet. Als wir ankamen, schien die Sonne. Kein Mensch hatte die dunklen Wolken am Horizont bemerkt.

Nun war es also passiert, und zwar genau in dem Moment, wo Jürgen seine Schäufelchen mit Sand ins Grab warf. War das ihre geheime Rache!?

Alles hetzte zur Kapelle, um dort Zuflucht vor den Wassermassen zu suchen. Nur ich blieb stehen. Ließ mich einfach nassregnen. Einmal noch innere Zwiesprache mit Uschi – ganz allein. In der Leichenhalle hatte ich mich geweigert, sie noch einmal anzusehen. Nun war ich doch noch einmal allein mit ihr.

Circa zehn Minuten später war das Unwetter vergangen. Allerdings der Prediger und die Sargträger waren nicht mehr zu sehen. Hatten wohl das Weite gesucht! Unverschämtheit!

Nur die Mädchen kamen noch einmal zurück, um ihre

Blumen in die Gruft zu werfen. Dann ging es zurück. Ich wurde geführt, da ich mich sterbenselend fühlte.

Zu Hause angekommen habe ich mich erst einmal umgezogen. Jürgen ordnete an, dass wir uns fünfzehn Minuten später alle im Aufenthaltsraum treffen sollten.

Als ich dort ankam, waren alle versammelt. Auf den Tischen standen Torten, Kaffee und Schnaps, alles guten Sorten. Auch das hatte Jürgen organisiert. Alles war beeindruckt.

Jede kaute am Kuchen herum, trank langsam Kaffee. Nach einiger Zeit meinte Jürgen, dass wir nun alle auf die Uschi anstoßen sollten. Sie sieht sich eure Trauermienen bestimmt von oben an. Das Leben geht weiter. Dabei lachte er schallend. Wir tranken alle einen Schnaps, dann noch einen, und noch einen. Dann kamen vereinzelt Gespräche auf. Alles löste sich allmählich. Kurze Zeit später erzählte Jürgen einen schmutzigen Witz. Alles lachte. Der Bann war gebrochen; die Sauferei begann.

Es wurde eine fröhliche Runde. Uschis Fell haben wir so richtig versoffen. Mir hat das gar nicht gepasst; ich hatte einfach zu viel Trauer im Herzen. Darum habe ich mir fürchterlich einen „gebrannt“. Anschließend wurde ich halb besinnungslos zu Bett gebracht. Geschlafen habe ich wohl sofort, besoffen wie ich war. Am nächsten Tag habe ich erfahren, dass alle sinnlos betrunken waren...

40. Kapitel

Man kann sich vorstellen, wie es am nächsten Morgen im Haus ausgesehen hat. Überall lagen Flaschen herum. Allen ging es dreckig. Die Arbeit wurde vernachlässigt. Aber das ist nun vorbei. Der Alltag ist wieder da.

Alles ist wie immer. Schlafen, kobern, trinken, drücken, Capta, klauen, schlafen und so weiter, und so weiter. Das Geld muss kommen, wie immer. Ich verfiel in starke Depressionen. Arbeite zwar, lasse aber alles nur so an mir vorbeilaufen.

Mich ekelten die Schwänze der Männer an. In dieser Zeit habe ich ernsthaft darüber nachgedacht, ob ich mich nicht lieber umbringen soll. Aber was soll das. Ich bin doch noch so jung, habe das Leben noch vor mir – oder etwa nicht?

So habe ich mir Mut gemacht. Irgendwann wird schon noch ein Wunder geschehen; man muss nur ganz fest davon überzeugt sein! Alles hat einmal ein Ende.

Es wird alles besser, und ich kann normal leben, auch wenn mir das ohne Uschi sehr schwer fallen wird.

Nach einigen Wochen erhalte ich einen Brief. Als ich ihn öffne, stelle ich fest, dass er von Uschis Eltern ist. Sie haben sich doch tatsächlich durchgerungen zu schreiben. Sie möchten nähere Umstände über Uschis Tod erfahren.

Ich setzte mich hin, um den Brief zu beantworten.

Schreibe von uns, dem Mord, der Beerdigung. Es fällt mir schwer, die passenden Worte zu finden. Ich bin schon zu lange aus der Schule, kommt mir jedenfalls wie eine Ewigkeit vor. Und wann habe ich schon mal geschrieben? Wie lange ist das alles her, seitdem ich einfach bei Kalle geblieben war?

Zwei, drei oder vier Jahre? Ich weiß es nicht. Und in dieser Zeit habe ich nichts verbessert in meinem Leben, bin immer tiefer in den Sumpf geraten.

41. Kapitel

Meine Depressionen werden schlimmer. Ich fühle mich elend, so richtig ausgekotzt! Nur „H“ und der Alkohol retten mich immer für einige Stunden. Ich pumpe mir das Zeug nur so rein.

Das macht sich auch den Freiern gegenüber bemerkbar. Wenn ich so vollgepumpt bin und gesoffen habe, traut sich kaum einer rein. Nur die, die ebenfalls schon besoffen sind. Aber die bringen nicht genug Knete mit, da sie alles versoffen haben.

In diesem Zustand macht es mir kaum noch etwas aus, die vollgepissten Typen zu bedienen. Ist ja eh alles egal. Durch diese Einstellung ist mein Verdienst natürlich erheblich geschmälert.

Es reicht gerade für das Essen, die Getränke, den Stoff. Die Miete habe ich schon einige Zeit nicht mehr bezahlt.

Jeden Tag rechne ich damit, dass Jürgen seine Typen schickt, damit ich wieder einmal ordentlich zusammengeschlagen werde, das nur wegen der Erinnerung an die ausstehenden Zahlungen. Aber auch das ist mir so scheißegal...

So erlebe ich die meiste Zeit nur im Dämmerzustand.

Mit der Zeit verblasst der Gedanke an Uschi etwas. Alles, was mit Uschi zu tun hat, verdränge ich, vielleicht auch unbewusst. Alles wird langsam nebensächlich. Nur noch Stoff und Schnaps zählen.

Die Jungs von Jürgen erscheinen, verprügeln mich, schreien mich an, reißen mir die Haare büschelweise aus. Sie wollen achttausend DM. Nur woher? Sie schlagen mir auf den Kopf, immer und immer wieder,wie bei einem Punshing-Ball.

Die Augenbrauen platzen mir auf, die Lippe, die Nase blutet. Überall Blut, ich bin erstaunt. Mein Blut?

Sie nehmen inzwischen keine Rücksicht mehr auf das Geschäft; sie zerschlagen mich total. Als die Typen endlich weg sind, stellt sich allmählich der Schmerz ein. Früher schlugen sie in die Unterleibsgegend, damit das Geschäft weitergehen konnte, und nun diese Rücksichtslosigkeit.

Jürgen legt anscheinend keinen Wert mehr auf meine Arbeit...

Nun gut, mir ist alles egal. Ich bleibe liegen, kann nicht aufstehen. So schlafe ich ein.

Beim Erwachen spüre ich sofort meine Knochen. Mein Kopf scheint verklebt zu sein. Jemand reißt die Tür auf; es ist Jürgen; er steht vor dem Bett. Ganz ruhig sagt er zu mir: „Biggi, du hast mich enttäuscht. Ich habe dir soviel Gutes getan; soviel Kredit, wie du bei mir hattest, hatte noch keine andere!" Dabei schlug er mir die Hand ins Gesicht. „Diese Zeit ist jetzt vorbei. Ich musste dich verkaufen. Los mach schon. In einer Stunde holt dich dein neuer „Kerl" ab. Ich habe gerade soviel bekommen, dass ich ohne große Verluste von dir wegkomme." Er schlägt noch einmal kräftig zu. Dann bin ich allein.

Wieder verkauft!.... An wen wohl. Was soll das alles? Ich bin doch kein Viehstück! Dann stehe ich auf, versuche mich zu waschen, so gut es geht. Anschließend ein Druck mit der Fixe. Flash! Gleich geht es besser.

Viel brauche ich nicht zu packen. Die Klamotten passen in zwei Plastikeinkaufstüten.

Wieder kommt einer rein. Ohne anzuklopfen. Wie sieht der denn aus!

Ein Gnom, ca. 150 cm groß, dick, sehr dick – zu fett für seine Größe. Seine Augen liegen tief in den Höhlen. Seine schütteren Haare stehen vom kantigen Schädel ab. Ein Gesicht wie eine Kraterlandschaft, der Glöckner von Notre Dame wäre eine Schönheit gegen ihn.

Schätzungsweise ist er fünfundfünfzig Jahre alt. Oder wirkt er durch seine Fettleibigkeit nur älter. Er bemerkt meinen Schrecken.

„Brauchst keine Angst zu haben. Jetzt gehörst du zu mir, arbeitest jetzt für mich. Hab auch genug für dich bezahlt. Siehst gut aus, ha, ha.

Na egal, meine Kunden legen darauf nicht soviel Wert. Wollen nur Spaß. Bist Schlampe genug, los, komm!"

Er dreht sich um. Wortlos folge ich ihm. Dabei bemerke ich seine ungepflegte Ausdünstung, den alten Schweißgeruch, ebenso seine Alkoholfahne.

Apropos Alkohol. Heute hatte ich noch keinen einzigen Schluck. Ich frage den Typen, ob er was bei sich hat. Er holt einen Flachmann heraus, reicht ihn mir.

Ich nehme einen ordentlichen Hieb daraus.

Dann steigen wir in sein Auto. Ein uralter Mercedes. Innen total verkommen, ich wundere mich, dass dieser Karren überhaupt noch fahrtüchtig ist.

Während der Fahrt schweigt der Fiesling. Ich traue mich

auch nicht, etwas zu sagen.

In der Vorstadt einer Großstadt, im Industriegebiet, hält er vor einem alten, ehemaligen Bürohaus an. Beim Aussteigen sehe ich eine trübe rote Lampe über der Tür. Darunter ein Schild mit der Aufschrift „Zum goldenen Ring“ angebracht.

Diese Hütte hat sicherlich schon lange kein Gold mehr gesehen. Neben der Tür ein Schild: „Tag und Nacht geöffnet, kein Ruhetag“. Ich bin schockiert. Ein Puff, einer von den ganz „vornehmen“. Kann ich noch schockiert sein? Eigentlich doch nicht. Er öffnet die Tür, die quietschend aufgeht und dabei fast aus den Angeln fällt.

Wir gelangen in den „Empfangsraum“. Dort stehen einige Tische im Raum verstreut. Eine Theke gibt es auch. Alles wirkt schmuddelig, wie der Warteraum eines alten Bahnhofes.

Hinter der Theke steht eine Frau. Eine Matrone, mit 2,5 Zentnern Lebendgewicht, mit mindestens zwei Pfund Schminke im Gesicht. Das Alter ist daher nicht zu schätzen.

Im fahlen Licht, das durch die Fenster dringt, sieht alles irgendwie gespenstisch aus.

Der Gnom fordert mich auf, Platz zu nehmen und verlangt von der Matrone ein Bier.

Er sagt: „So du alte Schlampe, hier ist nun deine neue Arbeitsstätte. Hier schaffst du an und zwar anständig, kapiert? Ich weiß, dass du regelmäßig Stoff benötigst, kriegst du auch, Schnaps ebenso, aber nur, wenn du ein braves Mädchen bist und ordentlich Kohle gemacht hast. Geld wird bei Erna bezahlt. Am Monatsende rechnen wir miteinander ab. Sollte etwas übrig bleiben, bekommst du auch was ab. Ansonsten hast du hierzubleiben. du darfst nur raus, wenn ich es erlaube. Sonst gibt's 'ne spezielle Körperbehandlung. Das Telefon ist abgeschlossen. Geht nur auf Genehmigung. Haben wir uns verstanden, liebe Biggi?"

Ob der Typ redefaul ist, oder er kann nicht anders sprechen. Es wirkt so abgehackt.

„Alles wird mitgenommen, jeder Wunsch erfüllt – unser Image. Kein Klau, sonst ist Ärger fällig. Ich heiße Franz. Erna zeigt dir das Zimmer und wird dir alles weitere erklären."

Franz, der Glöckner steht auf, geht endlich weg. Ich höre den alten Klapperkasten anfahren. Erna kommt zu mir, sieht mich interessiert an. Sie fragt: „Wie heißt du? Wo kommst du her?" Ich sage es ihr. Sie nickt. „Bist wohl eine Edelnutte gewesen und abgestürzt was? Hier laufen andere Sitten. Komm mit, ich zeige dir dein Zimmer." Zimmer ist gut – Bruchbude. Das Bett – ein wackliges Gestell von anno muff, mit einem Laken darauf, das noch nie Wasser gesehen hat, ebenso die Decke und das Kopfkissen.

Die Wichsflecken von vor Jahren sind darauf verewigt. In der Ecke ein antiquarischer Waschtisch.

Erna setzt sich auf das Bett.

„Hier ist es nicht so schön wie in einem großen Puff. Aber gemütlich" sagt sie im Brustton der Überzeugung, na denn.

„Auch die Kunden sind einfache Leute, nicht anspruchsvoll. Dafür sind wir billig, darum kommen sie wieder... Das bringt Kohle; aber zufrieden müssen sie sein! Darum lautet das Motto des Hauses auch: Alles wird gemacht, was der Gast verlangt, alles!"

Ich werde trotzig: „Und wenn ich nicht will?"

„Das hat schon mal eine gesagt. Die hat der Franz abgeholt, und wir haben sie hier nicht wiedergesehen. Ich glaube kaum, dass sie überhaupt noch von jemandem gesehen wurde..."

Ich setze mich zurück, und mir wird ganz mulmig. „Was wollen denn die Gäste hier so?“ frage ich.

„Ficken, lecken, Arsch ficken, dich verprügeln und so einiges mehr. Dafür zahlen sie gar nicht schlecht.“

Mir wird übel.

Wo bin ich hier nur gelandet. Dabei merke ich, dass die Fenster, wie im Knast, alle vergittert sind.

Wie komme ich hier nur wieder raus. „Gibt es hier noch andere Mädchen?“ „Wir haben drei Mädchen. Auch die meinen, dass sie mal was Besseres waren. Ich glaube, sie haben sich inzwischen damit abgefunden, dass es nicht so ist.

Ihr bekommt all das, was Ihr so braucht, Stoff, Schnaps und Schwänze. Das wollt ihr doch, oder!“ Dabei lacht sie dreckig. „Die Arbeitskleidung ist hier vorgegeben. Straps und Strings, sonst nichts. Mach dich schon fertig Biggi; die ersten Kunden kommen gleich. Gleich ist nämlich Mittagspause in der Fabrik, und dann geht es hier rund... Mittags die Arbeiter, abends und nachts die Zecher und Penner. Aber alle bringen Geld. Und nicht vergessen, du bist Eigentum von Franz! Der Kunde darf alles. Wasch dir die Votze und komm runter.“

Sie geht.

Ich sitze rum und starre vor mich hin. Warum kann ich nicht weinen. Warum kann ich nicht aufbegehren. Bin ich wie ein störrischer Hund, gebrochen? Ich weiß es nicht. Ich ziehe mich an, oder besser gesagt aus. Meine Verletzungen, die Blutergüsse überall, versuche ich wegzuschminken.

Das klappt aber nicht so richtig. Ich sehe schlimm aus. Dann gehe ich runter in den Empfangsraum. Die Nacktheit stört mich, verunsichert mich.

Ich renne hier nackt durch die Räume, sitze nackt im

Empfangsraum. Jeder, aber auch jeder, auch wenn er nichts bezahlt, sieht mich nackt!!!

Erna ruft mich zu einem Tisch, an dem drei Mädchen sitzen. Sie stellt mich vor: „Das ist Biggi. Seid nett zu ihr; sie ist neu und kennt sich noch nicht aus hier."

Erna zeigt auf die Mädchen: „Das ist Lola, Tina und das ist Babsi. Die Vornamen reichen. Mehr braucht der Mensch nicht."

Lola ist rothaarig – gefärbt natürlich. Sonst wirkt sie blass und hat einen leichten Bauchansatz. Ich meine, sie ist so um die dreißig. Tina Anfang zwanzig. Sie hat eine blonde Mähne und eine gute Figur, mit enormer Oberweite. Leider hängen die Brüste. Babsi ist brünett, hat kurze Haare. Eine Durchschnittsfigur, sie ist so Ende 30. Jedes Gesicht hat seine Geschichte. Spuren von Alkohol, vom Stoff und von den Misshandlungen.

Früher waren sicher alle einmal Schönheiten.

Wir begrüßen uns und sitzen nun da, strecken unsere Titten in den Raum hinein.

Kurze Zeit später geht die Tür auf. Einer im Arbeitszeug kommt rein, sieht sich um. Er sieht uns auf der Couch. Dann erblickt er mich, kommt auf mich zu.

Als er neben mir steht, greift er zu. Er nimmt meine rechte Brust und hält sie wiegend fest. Dabei sagt er: „Sieh an, neue Titten in diesem Schuppen."

Ich haue ihm auf die Hand, so dass er loslässt. Erschrocken sieht er zu Erna hinüber. Tina flüstert mir zu: „Mensch lass ihn. Der Gast darf doch alles, das weißt du doch wohl oder?" Er grabscht wieder zu. Ich unterdrücke mein aufsteigendes Ekelgefühl. Nun nimmt er auch die andere Brust. Er zippelt an meinen Warzen herum, dass ich glaube, er will sie abdrehen.

„So ein kleines Luder bist du. Bist wohl schon von meinem Anblick geil was? Wollen doch mal sehen, ob wir die Nippel nicht zum Stehen bringen!“ Er reißt und zieht, aber ich reagiere nicht.

Er lässt seine Hand zwischen meine Beine gleiten. Er schiebt mein Höschen zur Seite und stößt mit dem Finger in die Scheide, so dass ich aufstöhne. Es tut weh.

„Wollen doch mal sehen, ob die Votze schon nass ist. Sieh an, sieh an. Es tut sich was. Sie stöhnt schon; die nehme ich!“

Er lässt mich los, geht zu Erna, bezahlt.

Erna gibt mir durch Kopfnicken zu verstehen, dass ich mitgehen soll. Im Zimmer reißt er mir das Höschen herunter. Er wirft mich aufs Bett. Seine Hose hat er nur geöffnet. Sein Schwanz ragt mir aufgerichtet entgegen.

Bevor ich etwas denken kann, liegt er auf mir, dringt in mich ein. Er stößt wie ein Tier. Mir tut alles weh. Als er fertig ist, grunzt er wie ein Schwein, spuckt mir auf die Brust, steht auf, zieht den Reißverschluss zu, und schon ist er verschwunden. Langsam stehe ich auf, wasche mich.

Wo sind denn hier die Grundregeln zur Behandlung eines Freiers?

Nie unten liegen, Falle schieben, mit Gummi arbeiten?

Hier ist das alles nicht anwendbar. Ich glaube, dass ich wohl auf der letzten Stufe angekommen bin.

Ich gehe wieder hinunter. Der Raum hat sich inzwischen gefüllt. Tina und Babsi sind nicht da. Bei Lola steht ein dreckiger Fettkloß, der sie küsst und auch an der Brust herumzieht. Ich bin noch nicht ganz am Tisch, als sich mir jemand in den Weg stellt. Ich habe ihn gar nicht gesehen. Er kam von der Theke. Dort seh ich jetzt noch vier Männer sitzen. Sie scheinen zu warten.

„Warte mal", sagt der Typ, ein jüngerer Arbeiter, „ich zahle schnell".

Er zahlt, und wir gehen wieder hoch auf mein Zimmer. Auf der Treppe grabbelt er schon an mir herum.

Im Zimmer hat er schon die Hose aus. Er setzt sich aufs Bett und sagt: „Los, blasen". Ich beuge mich über seinen Schoß, und schon steigt eine Welle der Übelkeit in mir hoch. Der Kerl hat sich seit Tagen nicht gewaschen. Er stinkt wir eine Sau, und der Nillenkäse kommt schon unter seiner Vorhaut hervor.

Ich will aufstehen; aber er drückt meinen Kopf zu sich hinunter. Mir bleibt nichts anderes übrig, als zu tun, was er von mir verlangt!

Ich bemühe mich, seinen Schwanz kaum zu berühren. Es gelingt aber nicht. Er hat Kraft und hält meinen Kopf fest. Nach einiger Zeit merke ich, dass er stoßweise atmet. Ich will meinen Kopf zurückziehen; aber er hält eisern fest. Er kommt; ich merke, wie sein Samen in meinen Mund schießt.

Er hält immer noch fest. Um Luft zu bekommen, muss ich schlucken. Ich schlucke den Schleim. Im selben Moment muss ich kotzen. Ich reiße mich los; sofort lässt er locker. Ich stürze zum Waschbecken und kotze mir die Seele aus dem Leib. Er hat seinen Käseschwanz wieder eingepackt. Meint, warst gut, Mädel. Geht durch die Tür, pfeift fröhlich ein Lied. Ich kotze immer noch. Entsetzlich, hoffentlich kommt der so schnell nicht wieder.

Dann mache ich mich soweit es geht wieder fertig und gehe erneut runter. Es sitzen immer noch drei Kerle an der Theke. Erna brüllt: „Wo bleibst Du denn so lange? Die Herrschaften haben schon bezahlt". Also der Nächste bitte. Einer kurz vor der Rente. Wir gehen hoch. Noch ein Fick. Waschen, dann wieder unten sein, jetzt sind alle abgefertigt, endlich alle weg...

Ich sehe auf die Uhr und stelle fest, dass erst 45 Minuten seit Auftauchen des ersten Mannes vergangen sind. Ich bin müde. Tina, Babsi und Lola unterhalten sich. Sie zeigen keine Ermüdungserscheinungen. Erna setzt sich dazu. Sie gibt ein Bier auf das gute Geschäft aus...

„Ihr wart gut. Jede von Euch hat fünf Scheißer geschafft. Nur die Biggi noch nicht. Aber das wird sich ändern. Biggi, du verbringst zuviel Zeit mit schminken und waschen. Die Böcke sind auch nicht sauber.

Also verzichte aufs Waschen. So kannst du zwei Kerle mehr in der Mittagspause abfertigen. Du wirst schon sehen, wie das flutscht. Trinkt erst einmal was."

Diese geldgierige fette Sau. Sie steckt bestimmt mit Franz unter einer Decke. Im Laufe des Nachmittags erfahre ich von den anderen Mädchen, dass abhauen hier nicht möglich ist. Der Franz hat Mastinos, zwei Stück. Das sind römische Kampfhunde, die er in solchen Fällen loslässt!

Die Bullen kommen hier auch nicht her.

Das Haus soll abgerissen werden, und offiziell weiß niemand von diesem Puff. Damit das so bleibt, sollen die Männer auch voll befriedigt werden, damit sie uns nicht bei der Schmiere anscheißen.

So sind wir gefangen.

42. Kapitel

Im Verlauf des Nachmittags habe ich erfahren, dass der Franz ein ganz mieses Schwein ist. Er soll früher einmal Catcher gewesen sein und auf Rummelplätzen sein Geld verdient haben. Dann hat er mal einen im besoffenen Kopf plattgemacht. Dafür soll er fünf Jahre gesessen haben.

Im Knast habe er sich erst einmal mit Gewalt behaupten müssen, um überhaupt anerkannt zu werden - bei der Größe auch kein Wunder...

Dann aber habe er die richtigen Kontakte herstellen können. Nach seiner Entlassung habe er dadurch einen größeren Rauschgiftring aufbauen können. Er würde alle Fäden im Bereich Drogenszene in dieser Stadt in der Hand halten.

Außerdem sei er ein Großhehler, der Diebesgut wie Radiogeräte, Videos und Autos bis ins Ausland verschickt.

Das sieht man diesem kleinen, schmutzigen Gnom gar nicht an. Sein Aussehen und die Schmuddeligkeit sind seine Tarnkappe.

Den Puff habe er nur so zum Spaß für sich angelegt. Er soll die Vorliebe haben, seine Mädchen anzupissen und auf dem Bauch zu scheißen. Da er das in anderen Bordellen kaum haben kann, hat er sich eben seinen eigenen Puff aufgemacht...

Wir Mädchen sind auf ihn angewiesen.

Er weiß genau, dass wir alle keine privaten Kontakte haben. Keine Freunde, keine Verwandten.

Wie ich schon erwähnte, ist eine Flucht also unmöglich. Er hat alles fest im Griff, und die Erna ist ihm hörig.

Um Punkt 16.45 Uhr geht die Ladentür wieder auf. Die ersten Arbeiter stürzen rein. Teilweise schon stockbesoffen, sie johlen und gröhlen, als sie uns sehen.

Einer von ihnen greift mich und drückt mich nach hinten. Er zerreist mir mein Höschen. Ehe ich mich versehe, ist sein Schwanz eingeführt. Er rackelt, verdreht die Augen, spritzt ab und steigt runter. Ein anderer Kerl hat nur darauf gelauert. Ehe ich die Beine zusammen habe, liegt der Nächste schon auf mir. Auch er fickt auf Teufel komm raus. Der Erste steht neben der Theke, bezahlt bei Erna den Fick und trinkt ein Bier. Auch dieser Mann ist schnell fertig, und ich bleibe gleich so liegen. Wozu die Zeit vergeuden. Aus dem Augenwinkel sehe ich, dass die anderen Mädchen das auch so machen. Der Nächste, los, los. Dann ist erst einmal Ruhe. Ich setze mich auf. Ich suche mein Höschen, finde es aber nicht. Ist ja auch egal. Die reißen es sowieso wieder herunter. So sitze ich nackt und schlammig herum. Auf Tina arbeitet noch ein Kerl. Babsi und Lola wischen sich den Schweiß von der Stirn.

Erna bringt uns Bier und Schnaps. Gut, dass es Alkohol gibt. Ich kann nur noch eines, mir die Birne vollknallen; das ist gut.

Hilfe, wie weit bin ich nur heruntergekommen? Tiefer geht es wirklich nicht mehr.

Der Typ springt von Tina ab. Die Kerle stehen an der Theke. Sie saufen; nun sind wir nicht mehr interessant.

Ich komme mir vor wie eine vollgefickte Gummipuppe.

Will zur Toilette gehen, um mich frisch zu machen. Der Schleim dreier Typen läuft aus meiner Möse heraus, die Oberschenkel herunter, tropft auf die Erde.

Ich muss wieder kotzen, erreiche gerade noch das Becken.

Scheiße.

Als ich zurückkomme, sind die Männer weg. Wahrscheinlich nach Hause, zu Muttern und den Kindern. Arschlöcher!

Die Mädchen sagen, dass das jeden Tag so ist.

Am besten lehnt man sich zurück, macht die Beine besonders breit und verharrt dann in dieser Stelle, bis alles vorbei ist.

Lola sagt, dass sie dabei an Sonne, Meer und Dünen denkt! Urlaub...

Sonne, Meer, Bäume, Wiesen, ein leichter Wind, der über die Dünen streicht. Werde ich das noch einmal erleben, oder krepiere ich in diesem Stall.

Erna ruft.

Sie hat Spiegeleier gebraten. Wir essen schweigend.

Alle sind bedrückt.

Tina ist schon ein Jahr hier. Babsi acht Monate und Lola sechs Monate.

Wie lange muss ich wohl bleiben, und was ist aus den Mädchen geworden, die vorher hier waren?

Fragen über Fragen, niemand kann sie beantworten.

43. Kapitel

Später kommt Franz. Erna hofiert ihn ungemein. Sie berichtet ihm, was hier am Tag so gelaufen ist. Franz scheint mit den Einnahmen sehr zufrieden zu sein. Er isst vergnügt seine Spiegeleier; was anderes kann die Dicke wohl auch nicht kochen.

Er macht Sprüche wie - „die werden aber noch Wirkung zeigen“ und „die Zwiebeln vom Salat bringen ordentlich Bewegung in den Arsch“.

Nach dem Essen trinkt er Bier. Wir bekommen auch jeder Bier und Schnaps. Ich will ihn gerade wegen Stoff anhauen, weil ich langsam wieder welchen benötige. Da holt er etwas aus seiner Tasche. Er zeigt mir das Stanniolpapier und die Spritze.

Dazu sagt er: „Komm mit Du alte Schlampe, wenn Du ganz artig bist, bekommst Du das Zeug.“

Ich gehe mit ihm in einen Raum, den ich noch nicht kenne. Der Boden ist gefliest. Die Wände ebenso. In der Mitte des Raumes steht eine mit grünem Gummi überzogene Liege. An der Wand hängt ein Haken.

An diesem Haken ist Gummikleidung angehängt. In einer anderen Ecke sehe ich eine Waschmaschine mit einem Schlauch.

Ansonsten sind noch einige Puppen im Raum, sonst nichts.

Ich bekomme es mit der Angst, will rauslaufen. Er hält meinen Arm fest. Zeigt mir den Stoff und die Spritze. Ich weiß, dass ich bleiben muss und alles mitmachen. Der Stoff. Ich brauche ihn dringend.

Er geht auf den Haken zu, nimmt die Gummiklamotten herunter. Er gibt mir einen BH mit Öffnung für die Brustwarzen und einen Gummislip mit einer großen Öffnung im Schritt. Ich ziehe es wortlos an.

Dann zieht er sich aus und den Gummianzug an, der nur seinen Schwanz und den Arsch freilässt.

Dann fordert er mich zum Hinlegen auf, was ich auch mache.

Er beugt sich über mich und küsst mich. Ich schmecke den Fusel und den Rauch. Die Zunge bewegt er hektisch in meinem Mund. Ich merke, dass er erregt wird.

Sein Schwanz bäumt sich auf. Ich hätte nicht gedacht, dass dieser fette Wicht solch einen Ständer bekommt...

Dann erklimmt er die Liege und ist neben mir. Ich werde zum Blasen aufgefordert; dabei soll ich kräftig seine Eier kneten, was ich auch artig ausführe. Er atmet heftig. Dann kommt es. Aber nicht sein Sperma, sondern Urin. Ein ganzer Strom. Davon schlucke ich einen Teil, da ich den Kopf nicht schnell genug zurückziehen kann. Der Rest läuft an meinem Körper herunter. Ich würge und bringe das Essen von vorhin wieder raus. Einfach gleich auf den Boden. Darüber lacht dieser Pisser sich halb tot. Er befiehlt, dass ich mich wieder hinlegen soll. Kniet dann über mir und macht sein großes Geschäft auf meinen Bauch. Dann steigt er ab, verteilt alles sorgfältig mit den Händen auf meinem ganzen Körper. Stellt sich neben die Liege und wichst, bis sich der Kot auch noch mit seinem Samen vermischt. Mein Magen hebt sich, ich kotze bis ich nicht mehr kann, bis nichts mehr herauskommt. Dann geht er zum Wasserhahn, dreht ihn auf, um den Schlauch daran in meine Richtung zu halten.

Das Wasser ist eiskalt. Ich springe hoch. Der Glöckner spritzt mich ab, bis die Scheiße auf dem Boden im Abfluss verschwindet. Dabei sieht er mich mit irren Augen an.

Nun wird mir klar, warum er seinen eigenen Puff braucht...

So etwas macht wohl sonst keine Nutte, auch für noch soviel Geld freiwillig mit.

Als er zurück in die Empfangshalle geht, hat er sich wieder angezogen. Im Vorbeigehen schlägt er mit der flachen Hand in mein Gesicht. Anschließend bekomme ich den Stoff und die Spritze mit den Worten „Immer schön artig bleiben, verstanden?!"

Sofort setze ich mir den Schuss, reiße mir dann auch gleich die Gummiklamotten vom Leib. Wasche mich noch einmal gründlich und gehe wieder zu den anderen Mädchen.

An diesem Abend kommt kaum noch Kundschaft.

Franz fährt weg und lässt sich für diesen Tag glücklicherweise nicht mehr sehen.

Die Mädchen erzählen, dass er sich jeden Abend eine andere für seine perversen Spielchen aussuchen würde.

Nur so würden alle ihren Stoff bekommen – als kleine Bezahlung. Eine muss also dafür herhalten.

Als ich endlich in meinem beschmierten und befleckten Bett liege, weine ich laut- und tränenlos. Eigentlich habe ich zum jetzigen Zeitpunkt mit meinem Leben abgeschlossen.

44. Kapitel

Wieder ist einige Zeit vergangen. Das Gefühl für Zeit habe ich inzwischen verloren. Was habe ich in der Zeit seit meinem Einzug hier nur schon alles mitgemacht. Die Tage liefen nach dem gleichen Schema ab, so wie am ersten Tag.

Mit der Zeit wird man so ziemlich abgebufft. So abgebrüht, dass einem das hier absolut nichts mehr ausmacht.

Selbst wenn neben mir einer einen anderen Menschen töten und womöglich zerstückeln würde, auch das würde mich nicht mehr sonderlich erschrecken.

Der Tagesablauf bleibt immer gleich. Mittags geht man mit den Kerlen ins Zimmer. Das scheinen wohl die Besseren zu sein. Nach Fabrikschluss der Arbeiter bleibt man gleich unten auf dem Sofa, der Bequemlichkeit halber.

Ich reagiere schon, wenn die Tür um diese Zeit aufgeht. Nach hinten lehnen, möglichst bequem, dann die Beine anheben, los geht es...

Es sind nicht jeden Tag dieselben Typen; aber doch sind sie alle gleich.

Im Moment bin ich bei Franz favorisiert – jeden Abend die Tortur mit diesem Gnom...

Aber auch daran habe ich mich gewöhnt, wie an so vieles.

An den Wochenenden ist es verhältnismäßig ruhig, da die

Arbeiter alle auf Familie machen.

Da der Puff offiziell nicht existiert und nur durch Mund-zu-Mund-Propaganda weitergesagt wird, fehlen am Wochenende eben zahlungsfähige Gäste.

Jeden Samstag, meist vormittags, kommt ein älterer Mann. Franz sagt, es sei ein Arzt im Ruhestand. Der hat zwei Koffer mit, in denen er seine Arbeitsgeräte dabei hat.

Wir sitzen dann auf der Couch, wie jeden Nachmittag, die Beine in die Höhe. Er nimmt dann einen Abstrich, untersucht ihn, untersucht uns. Bisher ist alles immer in Ordnung. Nach der Untersuchung darf er dann mit einer von uns...

Das ist seine „Gage". Danach zieht er wieder ab.

Samstag- und Sonntagnachmittag sitzen wir nur so da und dösen. Kleidung besitze ich zwischenzeitlich auch nicht mehr. Nicht einmal Höschen. Das einzige sind Schuhe und Strapse, da unser kleiner Franz darauf gesteigerten Wert legt. So hocken wir also nackend da. Ist zwar nicht sonderlich hygienisch, aber was ist hier schon hygienisch? Außerdem braucht Franz keine Angst zu haben, dass wir so abhauen.

So bestimmt nicht – höchstens als Leiche...

Das Wochenende ist vorüber und das erste Mittagsgeschäft am Montag überstanden. Wir warten auf den Feierabend in der Fabrik.

Die Tür geht auf; ein Mann in den mittleren Jahren kommt herein. Was will der denn hier? Der passt hier doch gar nicht rein. Saubere, gebügelte Hose, sehr gepflegtes Äußeres, so ein Typ wie aus dem Büro.

Er setzt sich an die Theke, bestellt ein Bier und taxiert uns der Reihe nach. Sein Blick bleibt an mir hängen. Ich lächle ihn an. Er gefällt mir gut, im Gegensatz zu den Stinkern hier geradezu richtig sympathisch, der Junge. Aber er wirkt sehr schüchtern. Erna wird von ihm nach den Preisen gefragt. Sie sagt es ihm. Daraufhin zeigt er auf mich. Erna nickt.

Ich stehe also auf, hake den Mann unter, um mit ihm auf das Zimmer zu gehen. Dort frage ich ihn, wie er denn in dieses Etablissement geraten ist und erfahre, dass sein Freund ihm diesen Tipp gegeben habe.

Die Zeit vergeht, ohne dass etwas passiert ist, wirklich sehr schüchtern der Herr. Ich sage ihm das auch. Er hebt die Schultern und meint: „Das macht nichts. Ich habe auch keine Lust, mit Ihnen Geschlechtsverkehr durchzuführen. Die Umgebung hier ist nicht gerade so gestylt, dass man Lust bekommen könnte..."

„Ihnen" und „Geschlechtsverkehr" hat er gesagt! Wann habe ich so etwas zuletzt gehört. Er fährt fort: „Aber Sie gefallen mir sehr. Ich werde morgen wieder hier sein, damit ich Sie ansehen und mit Ihnen sprechen kann." Er beugt sich zu meiner Stirn hinunter und gibt mir einen flüchtigen Kuss darauf. Dann geht er. Ich hinterher, bringe ihn zur Tür.

„Tschüß, bis morgen." Dann ist er weg.

Nun bin ich aber ziemlich verwirrt. Von welchem Stern kommt der denn? War das ein Engel oder vielleicht mein Retter?

Ich gehe zu den Kolleginnen zurück. Kaum sitze ich, wird die Tür aufgerissen – Feierabend der Arbeiter. Also wie üblich, Beine hoch...

Dabei überlege ich, was der Mann wohl nun wirklich wollte? Ob er morgen wiederkommt? Warum gibt er sein Geld für nichts aus? Dafür habe ich keine Erklärung. Vielleicht ist der Spuk auch morgen schon wieder vorbei.

Die Arbeiter sind endlich zu Hause.

Abends bin ich wieder an der Reihe, den Glöckner zu bedienen. Anschließend kann ich lange nicht einschlafen, da ich über den besonderen Gast nachdenken muss.

Der war einfach nett; das gehört hier gar nicht her.

Am nächsten Tag zur selben Zeit ist er wieder da. Wieder passiert zwischen uns nichts. Wir sitzen auf dem Bett; er starrt mich an, sagt kaum etwas. Ich sage ihm, dass er mich ruhig anfassen kann. Das aber lehnt er ab. Sieht mich nur an, sehr intensiv, mein Gesicht, den Busen, den Bauch, die Hüften und mein Dreieck. Anschließend geht er wieder. Ich schüttele den Kopf. Was das wohl soll?

Nachdem er das Wochenende ausgelassen hatte, war er zum Wochenanfang wieder zur Stelle – täglich. Im Zimmer sieht er mich an und sagt: „Biggi," – ich hatte ihm meinen Namen gesagt – „jetzt muss ich Ihnen etwas sagen. Ich weiß nicht, wie ich beginnen soll, aber – aber – ich ich liebe Sie!"

Das traf mich wie ein Donnerschlag. Er sitzt da, hat den Kopf gesenkt, so als sei es ihm unangenehm. Weiß nicht, was ich sagen soll. Ich stottere: „Aber das geht doch nicht." „Warum nicht? Ich liebe Sie; die ganze Woche habe ich darüber nachgedacht. Es ist so, und ich will Sie heiraten. Da bin ich mir ganz sicher. Ich hole Sie hier raus, und wir fahren erst einmal in den Urlaub!"

„Aber das geht wirklich nicht. Ich kann hier nicht weg. So einfach ist das nicht. Wo sollte ich auch hin, da ich keine andere Bleibe habe." „Dafür sorge ich schon." „Nein," stottere ich noch ganz verwirrt, „da ist nichts zu machen, so glauben Sie mir doch!" „Dann komme ich eben jeden Tag wieder, bis Sie damit einverstanden sind, endlich mit mir zu gehen."

Dann steht er auf und geht.

Ich kann gar nicht sagen, wie ich zum Empfangsraum und zu den Mädchen gelangt bin. Meine Gedanken überschlagen sich; das wäre doch die Möglichkeit, hier aus diesem Sumpf zu entfliehen. Sollte das wirklich gehen?

Nein, unmöglich. Der Tag vergeht, und der Gedanke an Freiheit lässt mich gar nicht wieder los.

Fred, so heißt er, liebe ich nicht; aber er könnte ein Sprungbrett für mich sein. So abgebrüht bin ich inzwischen geworden, nur noch kalte Kalkulation...

45. Kapitel

Auch die nächsten Tage besucht mich Fred regelmäßig. Wir haben uns jedes Mal nur unterhalten. Keinerlei Anzüglichkeiten von seiner Seite.

Von sich hat er mir auch eine Menge erzählt. Fred ist ein recht ruhiger Typ. Nach seinem Abitur hat er Maschinenbau studiert. Anschließend hat er sich als Großhandelskaufmann ausbilden lassen. Zur Bundeswehr musste er nicht, da er zu „schwach auf der Brust“ war.

Bis zum Tod seiner Eltern, die bei einem Flugzeugabsturz ums Leben gekommen sind, hat er in der elterlichen Wohnung gelebt. Da war er schon fünfundzwanzig Jahre alt!

Zwei Enttäuschungen mit Frauen hat er hinter sich. Allerdings selbstverschuldete Enttäuschungen, da er ein richtiges Muttersöhnchen ist.

Bei allem, was er tat, vorher wurde Rat bei Muttern gesucht.

Aufgrund der konservativen Lebenseinstellung der Mutter gab es dementsprechende Ratschläge, so dass er mit dem realen Leben nicht so recht klargekommen ist.

Beruflich hat er es bis zum Prokuristen einer kleinen Holzhandlung gebracht. Bei einem Skatabend haben seine Bekannten über unseren Puff geplaudert.

Da seine Freunde über ihn gelästert haben, dass er wohl

nicht auf Frauen könne, sei er in den Puff gekommen. Seine Freunde hätten draußen im Auto auf ihn gewartet.

Als er mich gesehen habe, sei ihm ein Blitz ins Hirn geschlagen und er habe sich sofort in mich verliebt.

Nach seinem ersten Besuch hier haben ihn die Freunde beobachtet und ihn anschließend hochleben lassen.

Ihm sei das alles ziemlich zuwider gewesen. Nur gut, dass die nicht wissen, dass gar nichts war.

Dann ist er regelmäßig gekommen. Da sein Verdienst nicht ausreicht, hat Fred schon Geld vom Sparkonto nehmen müssen.

Seit nunmehr drei Tagen reden wir nur noch über die Möglichkeit zu fliehen.

Wir beraten hin und her; aber es ist schwer, eine Fluchtmöglichkeit zu finden. Aber dann haben wir die Lösung. Zumindest ist sie einen Versuch wert.

Was kann mir schon passieren, so tief wie ich drinstecke. In etwa vierzehn Tagen soll es losgehen. Dann hat Fred Urlaub, und wir wollen irgendwo untertauchen. Nur raus hier.

Die Tage vergehen unendlich langsam. Sie ziehen sich hin wie ranziger Honig, was aber wohl mehr meiner inneren Unruhe und Ungeduld zuzuschreiben ist.

Während dieser „Wartetage" versuche ich, größere „H"-Rationen zu ergattern, indem ich bunkere. Sollte die Flucht glücken, brauche ich dennoch mein „H", und ich weiß nicht, wie ich dann zunächst da rankommen soll.

Das Nötigste packe ich schon einmal ein – Waschzeug. Kleidung habe ich ja nicht weiter. Nur, was Franz mir gegeben hat. Fred hat zugesagt, mir Kleidung und vor allem Schuhe mitzubringen.

Nur noch eine Woche bis zum vorgesehenen Termin. Fred ist wieder da. Ich sage ihm, dass er erst einmal ein paar Tage nicht kommen soll. Das Geld könnten wir sparen. Die Flucht wird noch kostspielig genug. Damit ist er einverstanden und will erst einen Tag vor dem geplanten Termin wiederkommen.

Am nächsten Tag kommt Franz mit einem neuen Mädchen. Es ist noch ziemlich früh am Morgen, viel zu früh für unsere Verhältnisse, nämlich 08.30 Uhr.

Er prügelt das Mädchen regelrecht in den Laden. Sie blutet aus Mund und Nase, schreit und weint. Franz schlägt mehrfach auf sie ein. Sie strauchelt und fällt in einen Sessel, in dem sie gleich sitzen bleibt.

Franz lacht und ist guter Laune. Er hat wohl einen „Glückskauf" getätigt.

Als sich das Mädchen, sie heißt Trixi, etwas beruhigt hat, fordert der Glöckner sie auf, sich auszuziehen. Sie reagiert gar nicht, sitzt apathisch in ihrem Sessel.

Ihre Kleidung, eine ausgeblichene Jeans, weiter, selbstgestrickter Pullover und ein Palästinensertuch, sind mit Blut bespritzt.

Franz reißt ihren Kopf an den Haaren hoch, schreit sie an. Das Mädchen ist höchstens achtzehn Jahre alt. Sie steht auf, um den Pullover auszuziehen; darunter wird ein sehr konservativer BH sichtbar. Wie kommt so eine „Öko-Biene", so ein grundsolides Küken wohl zu Franz?

Als sie sich ganz entkleidet hat, steht sie verschämt da und versucht ihre Blößen zu bedecken. Franz geht auf Trixi zu. Er greift ihre Arme und reißt sie zurück auf den Rücken, so dass sie sich nicht mehr bedecken kann.

Dabei sagt er: „So, du graue Maus. Nun wirst du mal

kennenlernen, was Leben heißt! Das wird dir gefallen. Dein Öko-Trip und Emanzengehabe kannst du hier ganz schnell vergessen. Hier bist du ganz Frau und darfst es sein. Hier bekommen Weiber wie du was sie brauchen!“

Mit einer Hand hat er seine Hose geöffnet. Sein Schwanz steht steil ab. Er drückt das Mädchen auf den Sessel zurück. Er hält sie fest, so dass sie sich kaum bewegen kann. Dann nimmt er sie. Sie schreit, versucht sich zu wehren, um anschließend alles willenlos über sich ergehen zu lassen.

Franz rammelt wie ein Besessener. Es scheint ihn anzumachen, dass Trixi keine Hurenerfahrung hat und sich ziert. Nachdem alles vorbei ist, wimmert Trixi leise vor sich hin.

Ich habe die anderen Mädchen beobachtet. Ihnen erging es wie mir. Wut, nur Wut und Hilflosigkeit in ihren Augen. Man hätte sich auf Franz stürzen sollen. Aber was hätte es genutzt?!

Franz schenkt sich einen Drink ein; großzügig gibt er Trixi auch etwas. Das heißt, er gießt ihr den Whisky mehr über das Gesicht, als er sie zwingt, das scharfe Getränk zu sich zu nehmen.

Dann erfährt Trixi von der fetten Erna die schönen hausinternen Spielregeln...

Für das Mädchen bricht eine Welt zusammen. Sie springt auf, geht auf Erna los. Franz ist sofort dazwischen und schlägt auf Trixi ein, die sofort wieder ruhig ist.

Zu mir sagt er: „Los Biggi, schaff sie in Zimmer 6. Erna, Du bringst ihr die Arbeitskleidung. Los jetzt, aber zügig Ihr lahmen Votzen.“

Ich gehe zu Trixi, schiebe ihr meinen Arm unter die Ellenbogen und ziehe sie mit mir. Wir schwanken die Treppen hoch. Im Zimmer wirft sie sich aufs Bett. Erna kommt, bringt Strapse und meint, dass ich noch etwas bei ihr bleiben und sie beruhigen soll, um dann später mit ihr herunter zu kommen.

Ich warte auf dem Bettrand, bis sie aufgehört hat zu weinen und zu zittern. Stelle mich vor.

Da liegt sie nun wie ein Häufchen Elend. Sie ist sehr schlank mit verhältnismäßig großem Busen. Im Gesicht eine Stupsnase mit lustigen Sommersprossen und hat kurze, schwarze Haare.

Nach einiger Zeit beruhigt sie sich etwas, und wir unterhalten uns. Ich frage sie, wie sie dem Franz in die Hände geraten ist.

Langsam und stockend erzählt sie.

Sie kommt aus einer anderen Stadt, hat die Schule vor einem Jahr verlassen, ist jetzt achtzehn. Da sie keine Lehrstelle bekommen hat und so recht viel Zeit hatte, hat sie sich für die Umwelt eingesetzt. Sie ist einer Umweltschutzgruppe in ihrem Wohnort beigetreten.

Die haben Wälder sauber gehalten und gegen sonstige Verschmutzungen demonstriert.

Sie habe sich sehr wohl in dieser Gruppe gefühlt. Auch viele Menschen kennengelernt. Darunter etliche Frauen. Die meisten von denen waren alleinstehend, geschieden, ledige Mütter. Alle aber sehr selbstbewusst und emanzipiert. Sie habe auch diese schlampige Art sich zu kleiden übernommen, da sie es schick fand. Da sie sich anerkannt fühlte, habe sie sich rundherum so richtig wohlgefühlt.

Ihre konservativen Eltern haben sie rausgeschmissen, als sie von der Polizei bei einer Demo festgenommen wurde. Danach hat sie einige Zeit bei einer Freundin gewohnt, die sie durch einen 27-jährigen Studenten kennengelernt hat.

Nach einigen Wochen ist sie zu ihm gezogen. Auch Stefan war sehr aktiv in Sachen Umweltschutz. Auch war er ihr erster Liebhaber. Stefan war anfänglich richtig lieb.

Später hat er sich aber ihr gegenüber sehr rüde gezeigt.

Er gehörte zum harten Kern der Demonstranten. Bei bestimmten Demos hat er wild gegen die Polizei agiert. Steine und auch Mollotowcocktails geworfen, ein richtiger Radikaler. Als sie ihm gesagt hat, dass ihr das nicht gefällt, hat er sie geschlagen. Da hat sie ihm mit der Polizei gedroht; das war ihr großer Fehler. Der Typ hat wohl mächtig Schiss bekommen und sie daraufhin eingesperrt.

Einige Tage später kam dann der Franz in die Wohnung. Auf welche Art diese Verbindung zustande kam, weiß Trixi auch nicht. Stefan meinte: „Du gehst jetzt mit. Dein Spleen mit der Polente wird dir schon schnell vergehen."

Franz hat sie am Arm gegriffen, sie aus dem Haus und in ein Auto gezerrt. Stefan ist bis kurz vor den Puff mitgefahren und hat sie festgehalten, um ihren Widerstand mit Schlägen zu brechen. Darum die Verletzungen an Nase und Mund.

Am Bahnhof ist Stefan ausgestiegen und zurückgefahren. Vorher hat er noch so zugeschlagen, dass sie die Besinnung verloren hatte. Erst kurz vor dem Puff ist sie wieder aufgewacht. Ein armes Ding.

Ich versuche sie zu trösten, erkläre ihr aber auch wahrheitsgemäß, dass es besser ist, wenn sie alles mitmachen würde. Im Stillen denke ich mir, dass ich ihr und auch den anderen Mädchen nach meiner Flucht helfen kann. Ich bin überzeugt davon, spreche es aber nicht aus. Es ist besser, dass niemand etwas von meinen Plänen erfährt.

Ich erzähle ihr von den Gästen. Sie hört mir zu, springt plötzlich auf, läuft zum Waschbecken, um sich zu übergeben. Anschließend weint sie wieder. Sie kann sich so etwas einfach nicht vorstellen.

Danach versuche ich ihr so schonend wie möglich beizubringen, was Franz heute Abend mit ihr anstellen wird. Sie schüttelt ungläubig den Kopf, will es nicht glauben. Ich sage ihr, dass sie an etwas anderes denken soll, wenn sie mit einem Gast oder dem perversen Schwein Franz zusammen ist. Aber wie einfach ist es, das zu sagen...

Wie schwer ist mir das alles gefallen, obwohl ich doch schon lange im Geschäft bin und einiges erlebt habe. Wie soll dieses unschuldige Geschöpf das erst empfinden?

Nach langem Zureden und dem erneuten Hinweis, dass es besser ist, mitzumachen, um ohne Schläge auszukommen, zieht sie die Strapse und Strümpfe an.

Ich sage ihr noch, dass sie sich mit Alkohol vollpumpen soll. Im Alkoholnebel ist es vielleicht nicht gar so schlimm.

Sie steht vor dem Spiegel und betrachtet sich in ihrer neuen Arbeitskleidung. Sie schämt sich. So etwas hat sie noch nie getragen.

Ich öffne die Tür und schiebe sie auf den Gang zur Treppe. Als wir die Treppe herunterkommen, sieht uns Franz entgegen. Er nickt beifällig und sagt: „Da haben wir ja ein Juwel im Haus, die bringt Geld."

Ich setze mich zu Trixi auf das Sofa. Erna bringt Cognac; sie weiß, was Trixi jetzt braucht. Ich gieße die Gläser voll, stoße mit ihr an.

Dabei nicke ich ihr aufmunternd zu, „trink, trink viel, dann merkst du nichts, oder nur die Hälfte..."

Es ist eine Stunde vor der Mittagspause.

Wir trinken noch einige Gläser, und man merkt Trixi an, dass der Alkohol allmählich seine Wirkung tut.

Sie hat rote Wangen und leicht trübe Augen. Ihre Schamhaftigkeit hat sie noch nicht ganz verloren, sitzt mit überschlagenen Beinen da und versucht sich so klein wie möglich zu machen.

Hoffentlich hält sie das aus, was da gleich auf sie zukommt. Pünktlich, wie jeden Tag, stürzen die Arbeiter rein. Sie sehen sofort, dass Trixi neu ist. Jeder will zuerst mit ihr.

Es kommt zu einer Schlägerei zwischen zwei Arbeitern. Ein dritter Mann nutzt die Gelegenheit und steuert auf Trixi zu. Er lächelt süffisant und grabscht nach ihrem Busen. Trixi schreit. Aber der Kerl ist Stammkunde. Er weiß, was er darf. Er haut ihr eine runter und reißt ihr dann die Beine hoch. Seine Hose hat er zwischenzeitlich schon herunter gelassen. Brutal nimmt er sie.

Während mich ein anderer vornimmt, beobachte ich Trixi. Ich merke, dass sie völlig abwesend ist. Fast weggetreten.

Als alles vorbei ist, flöße ich ihr wieder Schnaps ein. Nach fast einer Stunde kommt sie wieder in die Wirklichkeit zurück. Es muss sehr schlimm für sie gewesen sein. Ein Alptraum, der Wirklichkeit geworden ist.

Die Hölle.

Am Abend geht es für Trixi weiter. Diesmal ist sie aber schon so betrunken, dass sie nicht mehr viel mitbekommt.

Dann kommt der Glöckner Franz.

Es kommt, wie es vorauszusehen war. Er fordert Trixi auf mitzukommen. Trixi wankt hinter ihm her. Nach einiger Zeit kommt Franz allein zurück.

Ich laufe rüber ins Zimmer. Trixi liegt auf dem kalten Fliesenboden, ist ohne Besinnung. Außerdem von oben bis unter beschmutzt. Ich wasche sie ab.

Durch das kalte Wasser kommt sie wieder zu sich und sieht mich aus leeren Augen an. Ich glaube, sie wird verrückt, wenn sie hier nicht bald herauskommt.

Sie ist fertig, der seelischen und körperlichen Anspannung dieses schmutzigen Geschäfts nicht gewachsen.

Dann bringe ich sie ins Bett. Sofort schläft sie ein.

46. Kapitel

Am nächsten Morgen kommt die Trixi kaum auf die Beine. Die hat vielleicht ausgesehen, hat sich selbst kaum wieder erkannt! Sie hat ein total eingefallenes Gesicht; die Augen liegen tief in den Augenhöhlen. So wankt Trixi die Treppe hinunter. Ich laufe auf sie zu, um sie zu stützen; dabei fällt sie mir schon in die Arme. Sie weint bitterlich. Wir setzen uns; ich schenke ihr erst einmal Kaffee ein und schmiere ihr ein Brötchen. Nur allmählich beruhigt sie sich.

Wir unterhalten uns, und sie erzählt mir unter Weinkrämpfen immer wieder, wie enttäuscht sie doch von Stefan sei.

Franz ist erst einmal nicht zu sehen. Ich glaube aber vorhin seinen Wagen gehört zu haben. Er wird wohl in die Stadt gefahren sein.

Gegen Mittag öffnet sich die Tür, und Fred erscheint im Laden. Ich spüre mein Herz bis zum Hals klopfen. Da Fred heute kommt, hat er wohl alles für die Flucht vorbereitet. Fred bezahlt bei Erna; wir gehen aufs Zimmer.

Er weiß, dass keine Zeit für Zärtlichkeiten ist. Wir setzen uns aufs Bett.

Er sagt: „Liebste Biggi, es ist alles genauestens geplant; du kannst dich ganz auf mich verlassen. Ich habe dir ein paar passende Klamotten zum Anziehen gekauft und was die Frau sonst noch so benötigt. Morgen kann es losgehen; die Koffer sind gepackt. Ich glaube, du solltest noch nicht wissen, wohin die Reise geht. Sollte etwas schief gehen, kannst du dich nicht verplappern."

Ich bin sehr aufgeregt; am liebsten würde ich dem Fred um den Hals fallen. Na, vielleicht hole ich das später einmal nach...

Die Zeit ist vorüber. Fred muss gehen. Er sagt, dass ich morgen am späten Vormittag vorbereitet sein soll. Er will dann gerne noch einmal mit mir aufs Zimmer gehen. Beim Verlassen des Hauses soll ich dann schnell durch die Tür zu seinem Auto, ein älteres Audi-100-Modell, laufen. Dann ginge es los.

Das hört sich alles zu leicht an. Hoffentlich geht das auch gut.

Fred ist weg. Das normale Mittagsgeschäft ist überstanden. Trixi sitzt stumpfsinnig dösend herum. Sie ist fertig mit der Welt, lässt alles über sich ergehen. Was wird nur aus Trixi, wenn ich nicht mehr hier bin? Ich mache mir große Sorgen um sie. Aber was soll's, jetzt muss ich an mich denken. Vielleicht kann ich ja später etwas für Trixi tun.

Das Abendgeschäft ist auch vorüber. Ich liege im Bett und fiebere vor Aufregung dem nächsten Tag entgegen; schlafen kann ich natürlich nicht.

Mach ich wohl alles richtig, ist das die Chance, aus dem Sumpf zu entkommen. Hoffentlich hat Fred auch genügend Mumm, dieses Abenteuer zu überstehen. Fragen über Fragen, die in meinem Hirn Kreise ziehen. Aber die Antwort darauf werde ich in den nächsten Tagen und Wochen erhalten.

Erst im Morgengrauen schlafe ich ein.

Nach dem Aufstehen packe ich! Ich packe tatsächlich! Eigentlich lächerlich, ich habe ja nichts außer Reizdessous, Strapsen und Schuhen. Aber ich packe etwas anderes ein. Aus meinem Versteck unter der Matratze hole ich das gebunkerte „H“ hervor. Ich sehe mir das Pulver an. Wenn ich sparsam damit umgehe, komme ich zwei oder auch drei Wochen damit aus. Ich deponiere den Stoff in meiner Scheide und hoffe, dass das nicht auffällt. Es darf jetzt nur kein Kunde mehr kommen, bis Fred endlich auftaucht.

Nach dem Frühstück sitzen wir zusammen und warten wieder einmal auf unsere Kunden. Trixi sieht heute etwas besser aus. Sie wirkt zwar noch apathisch; aber ihre Wangen zeigen etwas Farbe.

Gegen 11.30 Uhr kommen tatsächlich zwei Typen, die bumsen wollen. Als ich sie bemerke, stehe ich sofort auf und verschwinde in der Toilette. Gott sei Dank sind es keine Stammkunden, die zu mir wollen. Als ich zehn Minuten später wieder da bin, sind die Kerle weg.

Gegen Mittag kommt Fred. Er ist tatsächlich da. Er zahlt, und wir gehen wie immer nach oben. Ich habe das Gefühl zu schwanken. Endlich raus hier, endlich weg.

Fred sagt, dass der Wagen unmittelbar vor der Tür steht. Ich soll ihn zur Tür begleiten, dann kurz nachwinken, damit er in der Zeit den Motor starten kann. Dann soll ich heraus laufen und einsteigen – damit es endlich losgehen kann – hoffentlich!

Die Zeit ist schon wieder vorüber. Ich folge Fred, der die Treppe herunter geht. Er ist fröhlich und scherzt mit mir. Dabei gibt er mir einen Klaps auf den Po. Ich lache gezwungen zurück. Es scheint aber niemand die Anspannung zu bemerken, in der ich mich befinde.

Erna döst hinter ihrem Tresen. Die anderen Mädchen sitzen am Tisch. Sie beobachten uns nicht.

Als wenn es nichts Besonderes sei, gehen Fred und ich zur Tür. Ich öffne und verabschiede Fred mit einem Kuss. Er geht; dann rennt er, als ginge es um sein Leben. Ich winke ihm nach. Als ich sehe, dass Fred im Auto sitzt, spurte ich auch los, knalle die Tür hinter mir ins Schloss.

47. Kapitel

Wir befinden uns jetzt auf der Landstraße in Richtung Lübeck. Ich kann es noch gar nicht fassen. Ich bin frei, raus aus diesem Laden! Wie herrlich! Die Sonne scheint. Wie lange ist es her, dass ich die Sonne genießen konnte. Ich weiß es nicht mehr genau. Waren es Jahre oder nur Monate, ach das ist jetzt egal.

Ich kann mich jedenfalls gar nicht mehr erinnern, wie schön es im Frühsommer ist. Die Vögel zwitschern munter; die Schmetterlinge flattern über die Wiesen, auf denen die Kühe weiden – welch herrliche Idylle. Gierig sauge ich diese Eindrücke in mir auf. Was war eigentlich noch vor wenigen Augenblicken? Erst eine Stunde ist vergangen; ich habe das Gefühl, mich schon Lichtjahre von der Bar entfernt zu befinden. Tatsächlich ist erst eine Stunde vergangen. Eine Stunde voller Glückseligkeit.

Die Tür fiel hinter mir ins Schloss. Ich drehte mich nicht mehr um, hörte nur das Klappen der Tür.

Ich rannte die fünf Meter zum Wagen. Der Pkw stand mit laufendem Motor da – ich öffnete die Beifahrertür. Ich sprang in das Auto, und schon fuhr Fred mit quietschenden Reifen los. Ich sah mich um und stelle fest, dass Erna schimpfend mit den Händen wild fuchtelnd in der Tür stand. Dann sah ich nur noch, dass sie sich wohl sehr konzentrierte. Natürlich das

Kennzeichen des Autos!

Scheiße! Sie hat sich sicherlich das Kennzeichen gemerkt, um es gleich dem Franz weiterzusagen. So ein Mist.

Daran hatte Fred natürlich nicht gedacht. Der Franz hat gute Kontakte. Er kann sicherlich ohne große Mühe herausfinden, wer der Halter des Wagens ist.

Ob ich Fred etwas von meinen Beobachtungen sagen sollte?

Nein, das hat noch Zeit. Soll er sich doch nicht unnötig beunruhigen.

Fred fuhr ungefähr zehn Minuten durch die Vorstadt bis in einen kleinen Wald herein. Ich duckte mich tief in meinem Sitz. In meiner „Arbeitskleidung" wollte ich nicht noch von Passanten gesehen werden.

Fred sagte kein Wort. Im Wald hielt er auf einem Parkplatz an. Stieg aus, ging zum Kofferraum und holte eine Tüte, die er mir dann gab. Dabei meinte er trocken:

„Herzlichen Glückwunsch zur wiedergewonnenen Freiheit."

Ich bekam einen zärtlichen Kuss. Dann setzte er sich wieder hinter das Steuer. Ich zog die Sachen an, die er mir mitgebracht hatte. Geschmack hat er ja, dachte ich so bei mir. Er hat mir einen süßen modischen Rock und eine Jacke mitgebracht. Er hat auch an eine Sonnenbrille gedacht.

Als ich fertig war, beugte ich mich zu Fred. Ich umarmte ihn, so gut wie es im Auto ging und küsste ihn intensiv. Es war ein ehrliches Gefühl der Sympathie und Dankbarkeit, wenn auch nicht Liebe! Dann ging die Fahrt weiter. In der Tasche fand ich auch noch Schminke, so dass ich mich richtig nett zurecht machen konnte.

Fred konnte seine anerkennenden Seitenblicke nicht lassen;

er betonte mehrmals, wie schön ich doch sei und dass er mich immer mehr lieben würde.

Auch das noch. Im Moment brachte ich es einfach nicht fertig, ihm zu sagen, dass dieses Gefühl nur einseitig vorhanden ist. Ich wollte die Zeit mit ihm für ihn zu einem Erlebnis werden lassen. Er hat schließlich schon viel in mich investiert.

So befinden wir uns nun auf dem Weg nach Lübeck. Die Stadt kenne ich nicht, da ich nie dort gewesen bin.

Fred meinte, dass er mir einen gefälschten Personalausweis besorgt hat, da ich keinen mehr besitze; meine persönlichen Papiere hat der Franz einbehalten. Fred beweist, dass er doch an fast alles gedacht hat. Ich bekomme einen Ausweis und dazu einen Briefumschlag. Ich öffne das Kuvert und ziehe den Inhalt heraus. Zwei Karten – Fahrkarten – für die „Finnjet“ von Lübeck nach Helsinki. Wahnsinn. Auf so einem großen Schiff war ich noch nie. Das muss ja wie auf einer Kreuzfahrt sein!

Fred erklärt mir, dass das Schiff gegen Abend in Lübeck ablegt und am übernächsten Tag in Helsinki eintrifft, so dass wir zwei Übernachtungen auf der Finnjet haben werden. Es sei die letzte Fahrt nach dem Winterfahrplan. Danach würde die Reise nur noch vierundzwanzig Stunden dauern.

Noch zehn Kilometer bis Travemünde. Endlich geht es los in die große weite Welt. Endlich einmal wirklich leben. Leben! Ich habe schon nicht mehr gewusst, was es heißt zu leben.

Was mögen die im Laden jetzt denken. Da war sicherlich der Teufel los. Der Franz, die Erna, die Mädchen, – wie es wohl Trixi geht?

Nur ein paar Stunden sind vergangen, und die Welt sieht

ganz anders aus.

Jetzt zeigt Fred auf ein riesiges Schiff. Er sagt mir, dass das die Finnjet ist. „Sieh nur den aufgeklappten Bug; dort fahren wir auch gleich ein mit unserem Wagen."

48. Kapitel

Dann stehen wir in der Autoschlange. Pkw für Pkw fährt ein in den „Bauch" des Schiffes. Endlich sind wir an der Reihe. Dann heißt es aussteigen, und alles, was man für zwei Tage an Bord benötigt, ist mitzunehmen.

Die Kabine ist herrlich. Sie ist geräumig, hat sogar ein Fenster. Das Hotel Maritim kann ich von hier aus sehen. Gut eingerichtet ist die Kabine auch, mit Kühlschrank und allem Komfort. Die Betten sind hochgeklappt, so dass mehr Platz ist. Fred ist losgegangen, um sich über das Schiff, die Essenszeiten, Saunieren und so weiter zu informieren. Ich packe die Koffer aus.

Oh Mann! Fred hat wirklich schöne Dinge für mich eingekauft. Ich hänge alles in den Schrank. In Gedanken versunken sehe ich aus dem „Fenster". Was ist das denn. Es bewegt sich alles. Mir ist doch nicht übel? Ach so, das Schiff hat abgelegt. Die Seereise beginnt also.

Nun ist die Angst ganz von mir abgefallen. Franz kann mich jetzt auch nicht mehr einfangen.

Ein unglaubliches Glücksgefühl überfällt mich. Fred kommt zurück, um mich auf einen Drink einzuladen. Mit dem Fahrstuhl fahren wir nach oben in die Bar – mit Meeresblick zu beiden Seiten. Schön gemütlich ist es hier; an der Bar sitzend sehen wir das Land am Ufer vorbeiziehen.

Bald fährt das Schiff in die Ostsee ein. Es ist nun kein Land mehr in Sicht. Außerdem ist es dunkel geworden. Ich bekomme Hunger, und so gehen wir ins Restaurant zum Essen.

Danach tanzen wir noch ein wenig in der Disco und gehen noch einmal in das Restaurant, wo nun auch noch eine Kapelle zum Tanz aufspielt. Gegen Mitternacht geht es dann in die Kabine. Ich merke schon, dass der Fred ganz aufgeregt ist. Er möchte natürlich mit mir schlafen. Ich habe nichts dagegen und muss sagen, dass es mir seit langer Zeit auch mal wieder Spaß gemacht hat, mit einem Mann, der kein Kunde ist, so zärtlich zusammengewesen zu sein. Rundherum glücklich bin ich.

Am nächsten Tag erkunde ich das Schiff dann allein. Fred wollte in die Sauna; dafür bin ich aber gar nicht zu haben. Hundert DM hat er mir gegeben, damit ich mir etwas Schönes kaufen kann. Ich schlendere durch das Schiff. Es gefällt mir, dass einige Männer hinter mir hersehen. Ich meine auch, dass ich recht gut anzusehen bin so in meinen neuen Klamotten. Dann kaufe ich mir Erdnüsse, die, die man so schön selber knacken muss und stelle mich an die Reling. Ich sehe aufs Meer, knacke Nüsse, esse sie und lasse die Nussschalen vom Wind wegtragen.

Die Sonne scheint, und es ist ein herrlicher Tag.

Immer wieder muss ich an Franz denken, ob der wohl vor Wut zerplatzt ist? Trotz all dem Schönen springen mich die Gedanken immer wieder an. Es ist eben doch nicht einfach, sofort umzuschalten und einfach alles vergessen.

Nach dem Mittagessen legen wir uns in die Sonne auf das Sonnendeck. Fred hat mir einen ganz tollen Bikini im

Schiffsshop gekauft. Gut sehe ich aus, und das beweisen mir auch immer wieder die Blicke der Männer. Auch der Abend war wieder wunderschön. Fred bemüht sich sehr um mich. Am nächsten Morgen, nach dem reichlichen skandinavischen Bufett, bemerken wir Land. Es ist Finnland. Durch die Schären fährt das Schiff nach Helsinki. Ganz dicht kommt das Schiff teilweise an das Land heran. Dann ist Helsinki zu sehen. Der Dom, die orthodoxe Kathedrale, die Markthalle unmittelbar vor dem Palace-Hotel, wo wir erst einmal eine Nacht wohnen werden, wie ich von Fred erfahre.

Nach dem Anlegen fahren die Autos langsam von Bord an Land. Dann stehen wir auf finnischem Boden, ohne überhaupt einmal kontrolliert worden zu sein. Einfach toll – aber wie geht es weiter?

49. Kapitel

Zehn Wochen befinde ich mich schon im Paradies. Es ist wirklich so. In Helsinki haben wir uns erst einmal im Palace-Hotel eingemietet. Dieser Luxus, das Essen, der Hauch der großen Welt, einfach ein Genuss!

Mit einem Taxi ging es dann durch die Stadt. Wir haben den Dom, den Reichstag, das Olympiastadion und sogar die in den Felsen gebaute Kirche angesehen. Ich war unglaublich glücklich. Dann die Nacht in der teuren Suite – all das war ein Erlebnis, was man nicht so schnell vergessen kann. Fred meint es so gut mit mir; er ist einfach wunderbar. Himmlisch, sich von allen bedienen zu lassen. Niemand ahnt hier auch nur, welcher Art meine Tätigkeit früher war und wer ich wirklich bin.

Am nächsten Tag ging es dann ab in Richtung Norden.

Irgendwo südlich von Tampere haben wir an einem See Rast gemacht. Fred hatte mich in den Arm genommen, und wir hatten uns geliebt, wie noch nie zuvor.

Auch Fred ist glücklich.

Zu dieser Zeit merkte ich, dass ich schon über der Zeit war; seit Stunden hatte ich mir schon keinen Schuss mehr gesetzt, und das machte mich plötzlich ganz kribbelig. Da ich alles immer bei mir habe, setzte ich mir die Nadel. Fred guckte ganz traurig.

Gleich wurde mir wieder wohler, und schon konnte die Fahrt weitergehen.

Im nächsten Ort erkundigte sich Fred nach einer Bleibe. Er mietete ein Wochenendhaus an einem der vielen stillen verschwiegenen Seen.

Es ist ein kleines, gemütliches Haus mit geschmackvoller Einrichtung und einem Kamin. Natürlich auch mit Sauna.

Wir leben in den Tag hinein. Baden im See, gehen spazieren, Fred sauniert, abends sitzen wir vor dem prasselnden Kamin und lieben uns. Es ist eine wunderschöne Zeit.

Mit meinem Stoff gehe ich sehr vorsichtig um, da ich wohl weiß, dass ich hier in der Einöde kaum an neue Connektions komme. Hier gibt es nur Natur!

Zwischendurch fährt Fred in den Ort, kauft Lebensmittel und Getränke. Er weiß genau, dass ich auch meinen Alkohol benötige. Er kauft aber immer nur begrenzte Mengen, so dass er alle zwei Tage in den Ort fahren muss.

Ich denke mir, dass er das extra macht, um mich langsam von meiner Alkoholsucht abzubringen.

So vergehen Tage und Wochen. Ich bin glücklich und zufrieden, bis mir aber langsam der Stoff auszugehen droht.

Ich bemesse die Portionen auf ein Minimum, was aber zur Folge hat, dass ich ständig nervöser und unruhiger werde. Gestern hatte ich erstmals einen erheblichen Schweißausbruch.

Fred hat das bemerkt. Er versuchte mich zu trösten! Ich reagierte aber völlig gereizt. Ich schreie ihn an. Das erste Mal seit zehn Wochen, dass auf unser Leben in diesem „Paradies“ ein Schatten fällt.

Ich beruhige mich natürlich auch wieder. Ich weiß, dass ich

noch drei Portionen habe. Dann muss Nachschub her. Ich bitte Fred, nach Helsinki zu fahren und mir Stoff zu besorgen. Dort wird sicherlich welcher zu bekommen sein.

Er aber lehnt das ab. Er sagt, dass das nicht ginge. Das glaube ich ihm nicht. Er will doch nur, dass ich mit dem Drücken aufhöre. Aber ich kann nicht! Ich brauche den Schuss! Den letzten habe ich mir nun gesetzt. Ich habe etwa zwölf Stunden Zeit; dann fängt es an, ungemütlich zu werden.

Ich flehe Fred an, mit mir nach Helsinki zu fahren. Er schüttelt nur den Kopf. Er sagt mir, dass er mir wohl helfen will und dass er mich sehr liebt, aber er wüsste nicht, wie er mir helfen soll. Unser Geld ist verbraucht. Wir haben nichts mehr, keinen Groschen!

Das Leben in Finnland ist sehr teuer. Jedes Bier, jeder Schnaps, den ich hier getrunken habe, musste mit viel Geld bezahlt werden.

Fred meint zu mir: „Du hast im gleichen Maße wie zu Hause getrunken. Das macht sich eben bemerkbar. Jedes Bier kostet beim Kaufmann umgerechnet 5 DM. Für eine Flasche Schnaps etwas mehr als 150 DM. Das sind Preise wie in einer Bar! In diesen zehn Wochen ist meine Barschaft wie Schnee in der Sonne dahingeschmolzen."

Es entsteht eine lange Pause, in der keiner von uns beiden etwas sagt. Ich denke angestrengt nach. Fred hat ja Recht. Ich glaube ihm. Aber das Zeug brauche ich trotzdem.

Was tun?

Die Zeit verstreicht, und mir fällt nichts geeignetes ein. Ich gerate allmählich in Panik.

Ich schreie Fred an: „Tu doch was; ich brauche das Zeug; sonst muss ich sterben."

Er zieht den Kopf zwischen die Schultern. Ich greife meine Tasche und ein paar Sachen, renne aus dem Haus, den Waldweg entlang zur Straße.

Fred kommt pustend hinterher. Er hält mich fest, redet auf mich ein. Ich schüttele den Kopf und sage, dass ich nach Helsinki muss und zwar schnellstens. Fred resigniert. Er meint, dass der Benzintank noch voll sei und wir es schaffen könnten. Geld hatte er ja auch keines mehr.

Wir fahren also nach Helsinki. Dort angekommen, fragen wir nach Diskotheken. Da es inzwischen schon spät ist, haben die Lokale auch geöffnet. Ich verbiete Fred, mit mir zu kommen, er soll besser im Auto warten. Dann gehe ich allein in die Disco. Sehe mich um und mache auch gleich einige Junkies aus. Ich rede mit ihnen, versuche es auf englisch. Sie zeigen auf einen Typen. Ich gehe hin zu ihm. Er will Bares sehen, was ich aber nun nicht habe. Ich bettele, flehe ihn an. Er dreht sich einfach um. Dann gehe ich an die Bar. Ich bin total verzweifelt. Stoff, ich brauche Stoff. Ein junger Mann, ein Yuppi-Typ, macht mich an, lädt mich zu einem Drink ein. Dankend nehme ich an.

Nach dem Alkohol geht es mir etwas besser. Ich lasse mich anmachen.

Vielleicht rückt der Typ die Knete für den Stoff ja heraus.

Er will mit mir bumsen. Wir gehen auf die Toilette. Meine flinken Finger bringen ihn auf einhundertfünfzig. Ich verlange nun Geld. Er guckt zwar komisch, reißt aber einen großen Schein raus.

Ich lass mich noch schnell im Stehen bumsen; dann haue ich wieder ab in den Tanzraum, um den Typen mit dem Stoff zu suchen.

Inzwischen ist es voll geworden in der Disco. Ich kann ihn nirgendwo entdecken. Wo ist er nur.

Da, in der Nähe des Ausgangs, dort habe ich ihn kurz gesehen. Ab, nichts wie hin. Er will gerade raus, kann ihn aber eben noch am T-Shirt festhalten. Ich zeige ihm die Knete. Er nimmt es und gibt mir drei Päckchen Stanniol dafür. Mit dem Zeug nichts wie raus zu Fred.

Im Auto sage ich, dass er schnell in eine dunkle Straße fahren soll.

Auf dem Weg bereite ich alles für den Schuss vor. Der Wagen hält, Arm abbinden, Spritze reinjagen, ist ein Arbeitsgang. Doch gut, dass ich alles dabei habe, was ich dazu benötige...

Der Flash kommt. Mir ist wieder gut, und zwei Päckchen habe ich nun noch. Ich rede mit Fred. Sage ihm, dass ich ein paar Tage anschaffen will. Dann könnten wir wieder an den schönen See fahren.

Fred lehnt das strikt ab. Ich sehe ihm an, dass er völlig hilflos ist. Er weiß nicht recht, wie er sich verhalten soll. Die Nacht verbringen wir im Auto. Ich streichle Fred ein wenig. Er reagiert aber nicht. Er ist steif wie ein Holzstück. In ihm ist wohl eine Welt zusammengebrochen, als er gehört hat, dass ich wieder anschaffen will. Er war sicher davon ausgegangen, dass ich davon ab bin. - Aber ich brauche den Stoff. -

Ohne auch nur ein Wort zu sagen, bringt er mich am nächsten Tag zum Straßenstrich. Er kommt sich wohl vor wie ein Lude. Es muss fürchterlich für ihn sein.

Es ist nicht schwer herauszufinden, wo die Nutten hier stehen.

Ich suche mir einen Standplatz. Fred soll mich am Abend

wieder abholen.

Ich stehe eine Zeit und denke so nach. Wie schön hatte alles in Helsinki angefangen. Palace, Bedienung, Luxus. Und nun wieder Strich und Freier.

Da kommt einer mit seinem Auto angefahren; er fixiert mich, hält an. Ich sage meinen Preis auf englisch. Er nickt, sagt etwas, das ich nicht verstehe und fährt wieder weiter. Zehn Minuten später kommt der Wagen wieder. Nun sitzt noch ein anderer Mann im Auto. Die Scheibe wird heruntergekurbelt, und der zweite Mann spricht mich in englisch an, ob ich es mit ihnen machen würde und wieviel Geld ich nähme.

Ich denke, gar nicht so dumm. Der eine hat mich nicht verstanden und seinen Freund geholt. Ich sage meinen Preis, und sie lassen mich einsteigen. Wir fahren los. Es ist abgemacht, in ein Hotel zu gehen.

Der Fahrer hält aber an keinem Hotel an. Langsam werde ich unruhig. Sie merken das, und der Beifahrer hält mir eine Marke unter die Nase.

Polizei – Sitte –, Scheiße!

Ich bin wie eine Anfängerin in die Falle getappt. Rein in die Polizeiwache, Vernehmung mit Dolmetscher, Zelle und dann heißt es warten, warten, warten.

Dann endlich kommt der Dolmetscher und ein Beamter. Man sagt mir, dass ich gegen finnische Gesetze verstoßen hätte und dass Prostitutionsausübung als Ausländerin zur Abschiebung führt. Blah, blah, blah. Ich höre nicht mehr zu.

Nur gut, dass meine Päckchen bei Fred im Auto sind. So können sie mir den Besitz von „H“ nicht anlasten.

Ich muss mich fertig machen, bekomme meine Sachen zurück, die man mir vorher abgenommen hatte und werde in einem Pkw zum Flughafen gebracht.

Hier werde ich in eine Maschine verfrachtet, und der Flug nach Deutschland zurück beginnt.

50. Kapitel

Die Landung verlief sehr ruhig. Der Pilot hat schon was drauf. Von der deutschen Polizei werde ich in Empfang genommen. Wieder ins Auto und zur Wache. Sie haben ein Fernschreiben aus Finnland. Ich werde gefragt, antworte auch, werde aber immer nervöser. Der Flug dauerte nur zwei Stunden, aber nun auch noch diese Vernehmung. Nach deutschem Gesetz habe ich mich nicht strafbar gemacht, werde aber vorsichtshalber dem Amtsarzt vorgeführt, der einen Abstrich und Blut abnimmt.

Ich soll angeben, wo ich nun bleibe. Ja, das weiß ich doch nicht.

Man bringt mich zur Obdachlosenbehörde; dort erhalte ich ein schmutziges Zimmer.

Das Frauenhaus habe ich abgelehnt. Dort bekomme ich auch keinen Stoff.

Nun sitze ich also wieder in dieser Stadt. Ohne Geld, ohne Stoff. Nichts habe ich, außer den Klamotten am Leib.

Das Leben meint es wohl doch nicht so gut mit mir. Wo Fred wohl abgeblieben ist, so ohne Kohle. Ach das ist mir eben auch egal.

Ich brauche Knete, damit ich endlich Stoff kaufen kann. Nur wie! Ich gehe in eine Bar. Stelle mich vor und kann auch sofort anfangen.

So einfach ist das. Denke ich!...

Ich bekomme zu trinken, – gut. Dann spreche ich eine Kollegin auf Stoff an. Sie ist lieb, gibt mir gleich etwas. Ich will später bezahlen.

Vier Freier habe ich an dem Abend. Als ich mit dem letzten wieder in die Bar komme, werde ich an die Theke gerufen.

Ich werde dem Chef vorgestellt, der gerade gekommen ist. Er sieht mich an, lächelt und sagt, dass ich bleiben kann. Dann geht er wieder.

Zwei Stunden später geht die Tür auf; Franz stürmt mit zwei Typen im Laufschritt auf mich zu.

Ich schreie und werde hysterisch. Das gibt es doch nicht. Der Barbesitzer hat mich erkannt und gleich dem Franz Bescheid gegeben.

Franz schlägt auf mich ein. Ich werde in einen Wagen gezerrt und weiter geprügelt, bis wir an der Kaschemme angekommen sind.

Man stößt mich durch die Tür. Alle sind noch da. Erna guckt mich von der Theke her groß an.

Trixi kauert zusammengesunken auf der Couch. Sie wirkt völlig weggetreten.

Ich stürze und liege auf dem Boden.

Franz schreit: „Seht euch die an; so ergeht es jeder, die versucht mich reinzulegen!“ Dabei tritt er mir kräftig in die Seite. Dann geht er wieder. Ich liege da, unfähig mich zu bewegen. Erna brüllt, dass man mich in ein Zimmer bringen soll.

Zerschunden liege ich auf dem Bett. Erst nach Stunden kann ich aufstehen und mich etwas mit Wasser abwaschen.

Im Spiegel sehe ich mir das Werk von Franz an. Ich sehe

aus wie eine Mondlandschaft. Sämtliche Knochen tun mir weh. Nach weiteren Stunden kommt Franz, kommt ins Zimmer. Er reißt mich hoch, zerrt mich in das Lokal. Hier sind alle versammelt.

Franz stößt mich zu Boden und sagt laut, damit ihn auch alle verstehen: „Seht sie euch gut an und hört genau zu. Weil die Biggi so unartig war, wird sie ab jetzt nicht mehr in meiner Nobelherberge arbeiten, sondern in den Ausländerunterkünften der Stadt. Ihr wisst, was das zu bedeuten hat! Biggi, zieh dich an, aber nur das Kleid, nichts darunter. In zwei Minuten bist du wieder hier, los jetzt!"

Ich gehe ins Zimmer, ziehe mich an, muss kotzen und gehe wieder runter.

Franz ist ganz freundlich, als er sagt: „Hier hast du Stoff; den wirst du noch brauchen können."

Ich nehme den Stoff und denke, verdammter Scheißkerl, die Pest wünsche ich dir an den Hals.

Erst jetzt sehe ich, dass ich auch noch von zwei Kerlen umringt bin.

Nachdem ich den Stoff gedrückt habe, gibt Franz ein Zeichen. Die Typen greifen meine Arme, und ich werde mitgezerrt.

Im Auto lachen sie und feixen. „Du wirst gleich viel Spaß haben. Freu dich drauf." Sie fahren in einen Vorort. Hier stehen sechs Hochhäuser, in denen ausländische Arbeiter wohnen, die ohne Familie nach Deutschland gekommen sind. In einem der Häuser – im Erdgeschoss – werde ich in ein Zimmer gebracht. Hier steht ein altes französisches Bett als einziges Inventar. Ich muss mein Kleid ausziehen und mich hinlegen. Ich weiß, dass mir gleich ein Freier gebracht wird.

Und so ist es auch. Ein Türke kommt durch die Tür, legt sich auf mich, rammelt kurz bis zum Abspritzen. Dann geht er, und der nächste kommt auch gleich. Dann wieder einer und noch einer. Zwischendurch immer kurz waschen, dann der nächste „Herr", dieselbe Dame.

Ich weiß nicht, wie lange das so ging, wieviele der Männer über mich hinweggestiegen sind.

Als der Typ von Franz kommt, um mich zu holen, spüre ich meinen Körper kaum noch, kann kaum noch laufen.

Auf der Rückfahrt sagt er: „Das waren heute einhundertfünfzig Mann. Eine ganze Kompanie. Und von jedem gab es zwanzig DM. Ein gutes Geschäft."

Dabei grinst er unverschämt über das ganze Gesicht.

Mir wird übel, und ich kotze einfach in das Auto. Die Schläge, die auf mich niederprasseln, nehme ich nicht mehr war.

51. Kapitel

Nach tiefem, langem Schlaf geht es wieder los. Jeden Tag dieselbe Scheiße. Ich kann gar nicht mehr regenerieren, bin nur noch apathisch. Habe noch mehr abgenommen. Lebe nur noch von Stoff und vom Alkohol, den man mir eintrichtert.

Feste Nahrung habe ich seit einigen Tagen nicht mehr zu mir nehmen können. Habe alles wieder ausgespuckt. Mein Magen will nichts davon behalten. Und nun wieder los, rein ins Haus, rauf aufs Bett. Dann kommen die Bestien, fallen über mich her. Ich glaube irre zu werden.

Plötzlich ein sehr starker Schmerz in meinem Unterleib. Ich halte das nicht aus, werde ohnmächtig, weiß nichts mehr.

Nun liege ich also im Krankenhaus! Die Gedanken, mein gesamtes Leben ist wie ein – Film – vorübergelaufen. Was war das für ein Leben. Ich bin verwundert, dass ich überhaupt noch lebe. Habe ich dazu überhaupt noch eine Berechtigung?

Die Tür wird geöffnet, und ein Mann mit weißem Kittel betritt das Zimmer. Er stellt sich neben mein Bett, fühlt mir dann den Puls. Er sieht mich an und sagt: „Na endlich weilen Sie wieder unter den Lebenden. Wir hatten Sie schon aufgegeben.

Als Sie bei uns eingeliefert worden sind, hatten wir kaum noch Hoffnung für Sie. Die Feuerwehr hat Sie gebracht. Kurz danach kam auch die Polizei, die wir aber erst einmal weggeschickt haben. Übrigens, ich heiße Dr. Baumann, und Sie befinden sich in der Westklinik."

Dann erzählt er mir, dass sie mich untersucht haben, meine Sucht erkannt haben und dass ich schwere Unerleibsverletzungen davongetragen hätte. Man hätte mich mit Medikamenten ruhig gestellt. Eine Operation müsse aber noch durchgeführt werden.

Aber erst, nachdem ich den Entzug hinter mir hätte. Vorher könne man nichts machen. Dr. Baumann gibt mir eine Spritze, und ich schlafe wieder ein. Als ich erwache, ist es wieder Tag, und ich weiß nicht, wie lange ich geschlafen habe.

Eine Frau sitzt an meinem Bett. Als sie sieht, dass ich klar bin, stellt sie sich vor. Sie heißt Elke und ist eine Sozial-Psychologin von der Drogenberatung. Sie unterhält sich mit mir und fragt dann, ob ich innerlich bereit wäre, den Entzug zu machen.

Ich habe so viel Mist in meinem Leben mitgemacht. Hier sehe ich eine Chance. Vielleicht wird mir hier geholfen.

Ich sage ganz fest „Ja" zum Entzug. Elke sagt mir dann, dass die ersten Tage ganz schwer sein werden.

Dass man mir nicht helfen kann und ich da allein durch muss.

Ich will alles tun!

Ich bin innerlich nervös und auch fahrig, weil mir der Stoff fehlt. Ich will aber durchhalten. Man lässt mich nicht mehr allein.

Man passt auf mich auf.

Elke löst sich mit anderen ehrenamtlichen Helfern der Drops ab. Es sind Leute, die selbst an der Nadel gehangen haben. Die es geschafft haben. Ich will es auch schaffen, ich will!

Das Krankenhaus war mit dem Entzug in der Klinik einverstanden. Ich wurde in einen Abstellraum in den Keller gebracht. Man kennt den Entzug, die Schreie, das Wimmern. Mein Hirn oktroyiert mir, dass ich Stoff brauche. Ich will nicht.

Ich merke die Hitze in meinen Körper steigen. Ich sage dem Helfer, was ich empfinde. Er bindet mich daraufhin am Bett fest, damit ich mich nicht selbst verletzen kann.

Unter den Fesseln bäume ich mich auf. Ich schreie, übergebe mich, habe Schmerzen und Krämpfe. Ich bitte, bettele, flehe den Helfer nach Stoff an.

Er bleibt hart.

Wieder Schreien, Wimmern, Knochenklappern. So vergehen drei Tage und Nächte. Langsam werde ich ruhiger, bin nur total erschöpft.

Mein Unterleib schmerzt auch stark.

Am vierten Tag kommt Elke. Sie gratuliert mir und meint, dass die erste Hürde überstanden sei. Ich dürfe nie wieder Stoff nehmen.

Auch keinen Alkohol. Es werde noch viel gemeinsame Arbeit in einer Therapie geben. Ich würde oft in Versuchung geraten, sie wolle aber mit mir zusammenarbeiten und mir helfen.

Nach dieser Tortour werde ich wieder in das Krankenzimmer gebracht.

Dr. Baumann kommt und sagt, dass der geplanten Operation nichts mehr im Wege steht. Er erklärt mir genau, was ich für Verletzungen davongetragen habe und erläutert mir das Risiko einer Operation.

Ich will leben und mein Leben ändern.

Ich unterschreibe, dass ich der Behandlung und der Operation zustimme.

Drei Tage später werde ich operiert.

52. Kapitel

Vor einer Woche bin ich operiert worden. Alles ist gut verlaufen. Als ich aus der Narkose erwache, standen Blumen, herrliche Frühlingsblumen auf dem Nachttisch. Am Nachmittag kam mich Elke besuchen.

Ich war noch sehr schwach, habe mich aber über den Besuch sehr gefreut.

Sie hatte die Blumen aufstellen lassen.

Elke kam nun jeden Tag.

Heute haben wir uns über das künftige Programm unterhalten. Ich soll, wenn ich aus dem Krankenhaus entlassen werden kann, in eine Wohngemeinschaft auf einem Bauernhof kommen. Hier würden mehrere ehemalige Süchtige mit Therapeuten zusammen wohnen und auf dem Hof arbeiten, um Verantwortung zu erlernen und von Stoff und Alkohol loszukommen.

Im Krankenhaus werde ich gut versorgt und gepflegt. Alle sind sehr nett zu mir. Ganz langsam merke ich, dass ich nicht mehr so oft und intensiv an meine schlimme Vergangenheit denke.

Nach vierzehn Tagen, kurz vor meiner Entlassung aus dem Krankenhaus, sagt Elke, dass die Polizei mit mir reden wolle. Sie meinte, dass ich alles sagen soll, um damit einen Schlusspunkt zu setzen.

Die Beamten sind gekommen. Ich habe eine Lebensbeichte abgegeben, alles erzählt, Namen und Orte genannt. Es wird alles protokolliert. Danach holt man sogar ein Richter, dem ich dann alles bestätigt habe.

Er hat mich dann vereidigt und mir vorher noch gesagt, dass ich erheblich bestraft werden kann, wenn ich etwas unter Eid falsch aussage. Ich habe nichts Falsches gesagt, und nun bin ich unendlich erleichtert!

Am Tage meiner Entlassung holt mich Elke aus dem Krankenhaus ab; langsam fahren wir zum dem Bauernhof, zur Therapie.

53. Kapitel

Inzwischen ist darüber ein ganzes Jahr vergangen. Hier ist es einfach herrlich! Morgens früh aufstehen, gemeinsames Frühstück, Kühe melken, Hühner füttern, die Felder bestellen, alles in Ordnung halten. Jeder hat hier seine Aufgabe.

Wir verstehen uns auch alle toll. Es ist wunderbar.

Abends sitzen wir gemeinsam im Wohnzimmer und führen lange Gespräche.

In der Anfangsphase ging es nur darum, wie wir in die Abhängigkeit kamen.

Meine Geschichte habe ich auch erzählt. Sie haben sich alles angehört, ohne strafend den Zeigefinger zu erheben.

Dann haben die anderen erzählt. Deren Erlebnisse lagen auf anderer Ebene; aber viel besser waren sie auch nicht.

Die Therapie bekommt mir gut.

Nach etwa einem halben Jahr musste ich zur Gerichtsverhandlung in die Stadt. Das stand mir arg vor dem Magen! Elke ist mitgekommen, hat auf dem Flur auf mich gewartet. Im Gerichtssaal habe ich dann alle wiedergesehen, den Franz, seine miesen Typen und auch Erna.

Nach meiner Aussage konnte ich wieder gehen.

Elke hat mir einige Tage später erzählt, dass alle hohe Haftstrafen zu verbüßen hätten.

Was aus Trixi und den anderen Frauen geworden ist, habe ich nicht erfahren können. Auch von Fred habe ich nie wieder etwas gehört.

Das stimmt mich schon etwas traurig. Er hat es wirklich aufrichtig gut mit mir gemeint.

Auf dem Hof habe ich Werner kennengelernt. Werner ist zwei Jahre älter als ich und ein ganz lieber Junge.

Er ist während des Studiums an den Stoff gekommen und dann vollkommen abgerutscht. Werner und ich lieben uns ehrlich. Ich hätte nie gedacht, dass ich nach alldem noch einmal in der Lage sein würde, ein Gefühl wie Liebe zu empfinden; aber es ist so.

Wenn wir in etwa einem halben Jahr den Hof verlassen können, wollen wir nach Süddeutschland gehen. Werner wird sein Studium wieder aufnehmen, und ich werde mir eine Lehrstelle suchen. Mein Abi habe ich damals ja leider nicht gemacht.

Vor einigen Monaten habe ich durch die Gruppe den Mut gefunden, meinen Eltern zu schreiben. Ich wusste nicht, dass Elke kurz vorher schon mit meinen Eltern Kontakt aufgenommen hatte.

Sie erwiderten meinen Brief mit sehr liebevollen Zeilen. Mein Herz wäre fast vor Freude zersprungen. Sie hatten mir verziehen.

Vor einigen Wochen waren sie das erste Mal zu Besuch auf unserem Hof hier. Wir lagen uns in den Armen und mussten ganz fürchterlich heulen vor Freude.

Ich bin glücklich, dass das Leben sich für mich bis jetzt so zum Guten gewandelt hat. Ich will und werde an diesem Glück festhalten und daran ernsthaft arbeiten, dass es mir erhalten bleibt.

Verteidigen werde ich es gegen Sucht, Straftaten, Prostitution und alle Unbill im Leben.

Ich bin glücklich, dass ich das Geschenk des Lebens noch einmal erhalten habe; ich bin nun neu geboren!

Über tredition

tredition

www.tredition.de

Der tredition Verlag wurde 2007 in Hamburg gegründet und ermöglicht Autoren das Publizieren von e-Books, audio-Books und print-Books. Autoren veröffentlichen ihre Bücher selbständig oder auf Wunsch mit der Unterstützung von tredition. print-Books sind in allen Buchhandlungen sowie bei Online-Händlern gedruckter Bücher erhältlich. e-Books und audio-Books können auf Wunsch der Autoren neben dem tredition Web-Shop auch bei weiteren führenden Online-Portalen zum Verkauf angeboten werden. Auf www.tredition.de veröffentlichen Autoren in wenigen leichten Schritten ihr Buch. Zusätzlich bieten zahlreiche Literatur-Partner (das sind Lektoren, Übersetzer, Hörbuchsprecher und Illustratoren) ihre Dienstleistung an, um Manuskripte zu verbessern oder die Vielfalt zu erhöhen. Autoren können dieses Angebot nutzen und vereinbaren unabhängig von tredition mit Literatur-Partnern ihre Zusammenarbeit und partizipieren gemeinsam am Erfolg des Buches.

Danke

Danke an alle, die mir Gelegenheit gegeben haben, das Buch zu veröffentlichen.

Auch Dank an alle, die Geduld mit mir hatten und mir mit Rat und Tat zur Seite gestanden haben.

Mein spezieller Dank geht an Norbert Tangermann Inhaber der Bären-Apotheke in Köthen. Norbert hat kurzfristig die Aufgabe übernommen, mein Skript auf Festplatte zu schreiben und somit die Veröffentlichung vorzubereiten.

Ein weiteres Dankeschön geht an meinen Kollegen Polizeizeichner Dirk Scheerle, der den Bucheinband gestaltet hat.